Quesillo,
No Queso Oaxaca

Isabel Herrera

Carlos Gajardo

Copyright © 2023 Isabel Herrera, Carlos Gajardo

Todos los derechos reservados.

ISBN: 9798850373580

DEDICATORIA

A mi papá que se convirtió en polvo cósmico,
mamá y hermanos, mi mejor amiga Dina y a todos los soñadores
incansables

CONTENIDO

Agradecimientos --- I
Introducción --- 3

EL HUARACHE DE DOÑA TULA ------------------------------ 6
MOY Y CHAVELITA -- 11
AMOR A PRIMERA FALDA ------------------------------------ 17
NEGRO COLOR DE LLANTA ---------------------------------- 24
INDIA PATA RAJADA --- 32
ROJO ATARDECER --- 42
FLOR DE MUERTO -- 49
TACOS Y HUARACHES --- 61
EL HAMBRE TIENE PRECIO ---------------------------------- 73
EL NEGRO ES ALEGRE PERO NO LO TIENTEN --------- 81
BENDITO MAR --- 96
IGUANA VERDE --- 121
CHUNDA LUNAR -- 133
CALENDA --- 149
CON ARTO QUESILLO --- 175
LA VIDA ES UN QUESILLO ------------------------------------ 206

SOBRE EL AUTOR -- 238
SOBRE EL COAUTOR -- 239

AGRADECIMIENTOS

Agradezco a Dios por el regalo de la vida, a mi mejor amiga por creer en mí siempre, a todas las personas que me apoyaron incondicionalmente y recuerdo perfectamente bien a cada una de ellas, al escritor Raimon Samsó un gran ser, que, aunque no lo sepa me ayudó a encontrar el anhelo que latía fuertemente en mi corazón y por supuesto al Sr. Carlos por ser un gran impulso en mis sueños, sobre todo, dar un gran paso al mundo de las letras como escritora

INTRODUCCIÓN

Soy Oaxaca en un extravagante alebrije que emerge de un sueño profundo, soy Oaxaca en la creación de su música de viento y poesía donde la gente pone el alma y el amor puro, soy Oaxaca en el zapateado, en ese ruido de huarache, tacón y descalzo, soy Oaxaca en sus trenzas, sus listones, rebosos con olor a antiguo y el color intenso de sus trajes típicos hechos a mano, soy Oaxaca en la piedra de aquella iguana y el desovo de la lagrima de esa tortuga , soy Oaxaca en la ola constante de sus playas, su agua de coco y sus peñascos, soy Oaxaca en ese rostro noble e inocente de mi indígena, campesino o artesano con manos llenas de historias, soy Oaxaca en ese jelorepario, bembo o muchito, soy Oaxaca en la diversidad de sus lenguas y creencias llenas de hierbas olorosas , ese huevo de rancho untado con mezcal o aquella lechuza de mal agüero, soy Oaxaca por el sazón de su mole negro, pan de yema y chocolate acompañado, por la grandeza de su tlayuda, por el enredo de su quesillo y el tamal de hoja de plátano, soy Oaxaca en esa Guelaguetza fiesta algarabía y riqueza cultural, soy Oaxaca en aquella calenda de sombreros, pañuelos, mezcal y torito, Soy Oaxaca en esas aguas termales y ese arte arqueológico llamado Monte Albán, soy Oaxaca porque mayahuel así lo quiso y eso, eso ya es tenerlo todo en esta vida choca.

Oaxaca no debería ser un estado debería ser un país, por sus colores, sabores, tradiciones y costumbres. Gran variedad nos distingue de los demás, su gente, su alegría, su trabajo, sus raíces, sus lenguas, sus grupos étnicos, su forma de ver la vida, sus creencias, sus leyendas, su flora y su fauna, su tierra.

Esta es la historia de una chica llamada Chavelita nacida y criada en la región costa de Oaxaca, una chica singular de raíz zapoteca con una vida llena de retos y sueños.

La danza es la mejor forma de expresar sus sentimientos, sus frustraciones, su emoción porque es ahí donde encuentra tranquilidad y se alimenta de fortaleza para alcanzar sus sueños, ella respira al son del zapateado y al alce de su falda al dar un giro.

Uno de sus más grandes retos, son sus padres quienes no comprenden el gusto por la danza y la desalientan.

Pero ella con carácter fuerte sigue a pesar de las circunstancias.

Chavelita siempre ha sido determinante y soñadora, desde pequeña siempre le ha gustado bailar y su más grande sueño es presentarse en la Guelaguetza un evento cultural reconocido a nivel internacional que se hace cada año en el mes de julio los días 20 o 21 y le llaman los lunes del cerro del Fortín en Oaxaca.

Moy es el mejor amigo de la infancia de Chavelita, se conocen en su comunidad y su amistad sigue creciendo a través de los años. Moy al igual que Chavelita es crecido y criado en la región costa, pero su raíz autóctona es afro mestizo, es decir; descendencia negra. Él es un chico muy apasionado, alegre, soñador, ocurrente, amante de la vida, positivo, relajado y muy educado. Su sueño más grande es ser un futbolista profesional y jugar en las grandes ligas, es el apoyo incondicional de Chavelita, ambos se dan la motivación suficiente para seguir creyendo en sí mismos y en sus sueños.

La vida de ambos es difícil por sus raíces, creencias y por las carencias, pero tienen un objetivo común cumplir todo lo que se proponen rompiendo paradigmas y complejos, auto demostrándose que si se puede e inspirar al mundo que no importa de dónde vengas sino hacías donde vas.

CAPITULO I: EL HUARACHE DE DOÑA TULA

En la obscuridad de la noche, se asomaba una luna naranja cósmica, era el grito de una nueva etapa, de una nueva vida, de un nuevo sueño que la madre tierra estaba a punto de recibir.

Cándida, una mujer sumisa de raíces autóctonas zapoteca, una indígena analfabeta. Se levantó como todas las madrugadas dirigiéndose a la cubeta de nixtamal (maíz cocido con agua y cal) para lavarlo y pasarlo en el metate (instrumento de piedra para moler granos) y a amarrarle el taco (es una expresión que se usa y quiere decir comida para llevar al trabajo) a Albino, su marido, quien trabaja como campesino para llevar el pan a su familia.

Albino es un hombre indígena, trabajador pero irresponsable, violento y alcohólico, con un pensamiento machista, él dice que la mujer solo es para cumplir con las tareas del hogar y dar hijos.

Durante la mañana mientras Cándida terminaba de limpiar, se dirigió al arroyo para lavar la ropa de su marido, al sentarse en la piedra donde siempre lava, sintió un dolor muy fuerte, pero ella siguió lavando.

Los dolores persistían, tanto que Cándida sintió que su bebé ya iba a nacer, esperaba ansiosamente que su marido llegara de trabajar para decirle que la llevara con la partera.

Llegó la noche, la luna llena estaba en espera de un nuevo ser.

Un te compuesto de hierba Santamaría, estafiate, ruda y la hierba maestra junto con una taza de chocolate bien cargado que se hizo Cándida era suficiente para beber antes del parto y que todo saliera bien.

Ella se asoma a la ventana y a lo lejos ve a su marido venir, en seguida le grita que se le ha roto la fuente y que el nene ya iba a salir.

- ¡POS QUE HICISTE MUJER! – exclama con agresión.
Cándida con dolor le dice que la llevara ahí de doña Tula porque ya no aguantaba.

Tula era la partera del pueblo; unos minutos después Albino toma a pancho, el burro, acomoda a Cándida para llevarla y llegan a casa de doña Tula, los recibe, le pide a que se acueste en el petate en posición de parto para empezar el trabajo.

La partera ya estaba lista con un trapo caliente, las tijeras y una manta para envolver al nene.

Después de unos minutos, Cándida con tantas fuerzas y aferrada para expulsar al bebé.

– Cándida puja, con fuerza mujer, este chamaco o chamaca tiene que Salir – exclamo Tula.

- No puedo Tula - respondió Cándida.

- mujer tienes que hacerlo porque si no va a morir - insistió.

Cándida se mostraba cansada y sin fuerza, su respiración se agotaba cada minuto y su corazón dejaba de latir. Tula al ver que él bebé no salía tuvo que meter la mano en la vagina de ella para averiguar qué estaba pasando.

- ¡tendré que ayudarte, este chamaco viene de patas! - Pensó Tula.

Así que con valentía jalo una pierna primero y después la otra, le pidió a cándida que hiciera un último esfuerzo, aunque ella ya se veía muy mal… con todas las fuerzas de su alma hizo un último intento y entonces por fin lo expulsó, Tula se quedó asombrada pues era una niña, pero ya estaba muerta y se dio cuenta que cándida se había desmayado.

-no, estas no tienen que morir"-. Pensó.

se dirigió a la brasa calentó su huarache y una vez que estuviese caliente, levanto de un pie a la niña y le puso

3 huarachazos, gritó, la enrollo rápidamente en su manta y de ahí se fue con Cándida, hizo lo mismo con ella, despertó, toda desvalida apenas podía mirar y moverse.

- ¿Dónde está? – preguntó.

- es una niña – respondió Tula.

- Una niña, dile a Albino, Tula por favor – dice con su rostro lleno de cansancio.

Tula se dirigió a Albino y le dijo que era una niña.

- otra molendera más y esta si va hacer bien las tortillas no como la sonsa de Cándida. – respondió descontento.

-Deveras Albino debes cambiar por tu muchita ya estas viejo, hombre -.

La luna llena había sido testigo de esa noche, Cándida y Albino regresaron a casa en compañía no solo de su burro sino con una pequeña llena de luz, de amor y de sueños.

Cuando llegaron por fin a casa, Cándida le pregunto a albino como se llamaría la bebé a lo que él no supo responder y solo hizo un gesto indiferente, también le dijo que porque estaba enojado que ni siquiera había visto a la niña y él respondió que quería un varón para que le ayudara en el trabajo porque son más útiles y fuertes.

Pasando los días Cándida seguía pensando en el nombre de su hija y sin la ayuda de nadie para que se cuidara después del parto se paraba hacer la comida para que cuando llegara del trabajo Albino ya estuviera listo, mientras Albino llegaba a casa alcoholizado y tirando los trastes expresando su disgusto por el nacimiento de su hija y pidiéndole de comer a Cándida.

Se escuchaba el azote de la ropa en el rio, era Cándida lavando, cargo al burro de ropa y un poco de leña, su bebé lloraba de hambre y ahí en la orillita se sentó en una piedra para amamantarla.

Veía al cielo acariciando a su bebé, la noche caía y decidió retirarse del lugar para que no le agarrara la oscuridad.

Iba caminando jalando a Pancho cuando…

- Chavelita, te llamaras Chavelita- pensó.

CAPITULO II: MOY Y CHAVELITA

- ¡CHAVELAAAA! -. Grito Cándida, para levantarla y mandarla al molino de doña clemencia.

Había cumplido los 6 años, siempre muy soñadora. En el camino hacía el molino le bastaba mirar al horizonte e imaginarse que volaba. Sabía muy bien que en su corazón existía una inquietud, pero no tenía la claridad suficiente para verlo.

De regreso a casa se dio cuenta que estaban llegando personas nuevas al pueblo, los cuales serían sus nuevos vecinos, pero no de esos vecinos que viven a una pared de ti, en una comunidad tan pequeña donde vivía Chavelita las personas se encuentran a muchos metros de distancia de casa a casa. ella volvió muy feliz, y cuando llegó le expresó lo siguiente a su mamá:

-Mama vi personas nuevas llegando a la casa del otro lado -.

A lo que Cándida le responde:

- ¿y luego? - Corre chamaca, ponte echar las tortillas que tu papa ya casi se va ir a trabajar y sino están te va a poner como camote-.

Más tarde Chavelita no hallaba la forma de salirse de casa, pues ella quería saber acerca de las nuevas personas que habían llegado al pueblo, así que se las ingenio y dijo: - mama creo que Pancho no ha bebido agua, voy a ir a persogarlo (palabra que se usa para cambiar de lugar o dar de comer a un animal mediano).

-anda pues muchita -.

Llega Chavelita a la casa de los nuevos vecinos, saluda y una señora morena con cabello de afro (tipo de cabello esponjoso que tienen los afros mestizos singular porque no se puede peinar) muy amable se acerca a ella con una gran sonrisa y le pregunta;

- ¿¡cómo te llamas mi chula!? –

-Me llamo Chavelita-. Le responde, tímidamente.

- yo me llamo Celina, mucho gusto… pero no seas tan tímida hombre -. Ella agrega.

De repente sale un perro con apariencia delgada moviendo la cola y tratando de jugar, Chavelita corre y se esconde detrás de doña Celina, con una sonrisa de oreja a oreja se asoma un niño y abraza al perro, exclama:

- Tranquila no hace nada, se llama Güiro y yo me llamo Moy, ven vamo a juga con él -.

- Yo me llamo Chavelita -. Mientras caminaban al patio de la casa.

-Qué bonito nombre nita -, le responde Moy sonriente y comienzan a jugar.

Cuando Albino ve a Chavelita jugando con Moy, le grita:

- ¡CHAVELA! ¡ESTAS LOCA O QUE! ¡LOS ÚNICOS QUE PUEDEN JUGAR CON LOS MUCHITOS SON TUS HERMANOS! -.

Albino corta una vara de macuil, dirigiéndose a Chavelita para golpearla y muy enojado le dice:

-¡ORELE PA' LA CASA QUE CHIGADO VAS A JUGAR TÚ CON LOS MUCHITOS, VE A DARLE DE COMER A LOS CUNITOS (guajolotes bebes)-.

Ella corre hacia su casa mientras Moy se queda viendo asombrado a don Albino.

Al darse cuenta Chavelita que Albino no estaría de acuerdo que jugara con Moy, aprovechaba el tiempo cuando su papá se iba a trabajar para escaparse.

Moy le enseño a jugar a las canicas, a los carritos, el yoyo, al avioncito, atrapadas, escondidas y el trompo, Chavelita por otro lado le invitaba a persogar a Pancho e iban a campear con el charpe (resortera) de su hermano que agarraban sin permiso, más que atrapar las iguanas les gustaba estar acompañados y andar de exploradores con Güiro.

Un día Chavelita invita a Moy a su lugar favorito de la comunidad.

- ¡Vamos al rio! - le dijo con emoción.

Llegan al lugar, un sitio de ensueño, había una posa enorme en donde se podía nadar y echar clavados, un árbol gigante les daba sombra que tenía grandes bejucos (lianas) para que se pudieran columpiar.

La relación de amistad de Chavelita y Moy fue haciéndose más fuerte todos los días, aunque siempre de escondidas de los papas de ella. Por parte de Moy sus papas eran despreocupados, les daba igual si estaba o no en casa.

Era el inicio del ciclo escolar y Chavelita por fin entraría a la escuela, estaba muy feliz porque Moy le había contado que estudiarían juntos.

La escuela a la que asistían era poco común, pues son de esas escuelas que hay en los lugares rurales que tienen por nombre CONAFE (Consejo Nacional De Fomento Educativo) y que existen como apoyo a las personas indígenas de bajos recursos económicos, la cual consiste en una sola aula de clases y hay 3 niveles, el nivel uno lo ocupa el primero y el segundo año, el nivel dos está integrado por tercero y cuarto y el nivel 3 por quinto y sexto y solo hay de 10 a 15 niños en total, donde un instructor imparte sus clases a los tres niveles.

Ella estaba emocionada por ir a la escuela así que se levantó antes que su mamá y fue a lavar el nixtamal para ir al molino, regresar tan pronto como podía para meterse a bañar e irse.

Cándida se levanta con el ruido del cacaraqueo de las gallinas porque Chavelita las alboroto y le dice:

-¡HAY MUCHITA ES TEMPRANO TODAVÍA, DOÑA CLEMENCIA NI SIQUIERA SE HA PARADO!-

Cuando regresa del molino, Cándida ya le había echado lumbre al comal para hacer sus tortillas, le amarra el taco a Albino y llama a sus hijos a almorzar, Chavelita pregunta:

- ¿mama que hiciste de almorzar? -

- unos frijoles parados con un huevo de rancho asado en el comal y salsa de molcajete -. Cándida responde.

- ¡Chavela no pregunte y trágueselo ya! — Albino se mete y exclama mal humorado.

Entonces ella se dirige hacia la olla de barro que está en el brasero para agarrar una taza de café y complementar su almuerzo.

Chavelita toma sus burros (tacos con sal) para llevarlos a la escuela y comerlos en el recreo, ignorando a su papá, pasa por Moy para ir a la escuela siendo cautelosa.

Cuando llegan a la escuelita, se notan apenados, pero pasando el rato empiezan a llevarse todos, jugaron en el recreo y el instructor dispuesto a ponerse en el nivel de ellos para hacer su día más divertido.

La infancia de los dos estuvo llena de momentos felices, pero por el otro teniendo unos padres como los de ellos con una mente limitada les cortaban las alas y a veces solía ser complicado.

CAPITULO III: AMOR A PRIMER FALDA (LA TELE DE DOÑA TULA)

- ¿QUÉ HACE CHAVELA CON ESE NEGRO COLOR DE LLANTA CANDIDA? ¡MUJER, TE ESTOY HABLANDO, ¡QUE NO OYES CHINGADOS! -, dijo muy enojado Albino.

- YO QUE VOY A SABER ALBINO, YO LA MANDO A LA ESCUELA, SABER QUÉ HARÁ DESPUÉS DE QUE PONE UN PIE FUERA DE ESTA CASA -, respondió cándida.

Cándida desesperada fue a encontrar en el camino a Chavelita para advertirle que su papá la había visto con Moy.

Cuando llegaron a casa las dos, Albino tenía la lechuguilla (lazo o mecate que se usa para lazar un caballo) en la mano para pegarles a las dos y culpar a Cándida por la educación que le estaba dando a la niña.

Albino le dijo a Chavelita que no iría a la escuela durante unos días como castigo y que si la volvía a ver de nuevo con Moy la iba a sacar de la escuela, al escuchar eso se le vino el mundo encima, pues la escuela era muy importante para ella y una forma de olvidar lo que sucedía en casa.

Pasando los días Moy se desesperó porque ella no estaba asistiendo a la escuela, la esperó donde persogaban a Pancho y ella se emocionó tanto al verlo, pero al mismo tiempo se espantó y le dijo que se fuera, le platico lo que su papá le había dicho. Moy la abrazo y se fue viendo sus moretones en el brazo, la mejilla y los pies.

Un día por la tarde, cuando Cándida y Chavelita se dirigían hacia el rio para lavar ropa, vio que en el camino algo brillaba, se acercó con cuidado y le dijo a su mamá:

- ¡mira mamá un peso!, ¿puedo ir ahí de doña clemencia a comprarme un dulce? - - no digas cosas Chavela no te alcanza, todo está caro en estos tiempos -. Responde Cándida.

Chavelita insistió hasta que su mamá le dijo que si, pero terminando de lavar la ropa y que fuera rápido antes de que su papá llegara, advirtiéndole también de Moy.

Después de ayudar a su mama a tender la ropa, salió corriendo. Caminó hacia la tienda y se asomó a la casa de Moy para ver si estaba, pero solo güiro salió a saludarla y la acompañó a la tienda, cuando llegó lo vio, se le veía muy emocionado porque se percató que los chicles traían estampitas de los jugadores de la selección mexicana pues su ídolo era "el patas locas" y expresó lo siguiente: - ¿ya viste nita? Voy ahorrar mucho dinero y me comprare todos los chicles para tener todas las estampitas -, entonces Chavelita agregó: - ¡yo traigo un peso! ¿Quieres uno? - él muy emocionado le dijo: ¡síííí nitaa! -, compraron el chicle y lo dividieron entre los dos, cuando Moy saca la estampa grita y salta de emoción: - ¡el patas locas!, el patas locas! - Chavelita emocionada le dice: - ¿Quién es el patas locas? - Ríe y salta con él.

Moy le cuenta con emoción que cuando su televisión servía, su papá se sentaba a ver el futbol y le contaba que él es un jugador muy bueno, pero sobre todo oaxaqueño y sobre salió a pesar de sus adversidades.

Moy dijo:

- ¡Yo quiero ser un jugador perrón como el patas locas!-

Chavelita perdió la noción del tiempo estando con Moy, cuando se dio cuenta su reacción fue:

-¡YA ME CARGO EL CHAMUCO! ¡MI PAPA, MI MAMA! -.Se despidió de Moy, se fue corriendo a su casa, llego en cuclillas y de repente pisa el gato, esta grita y sale corriendo, su mama se da cuenta, le dice:

-¡Muchita nomas ibas por un chicle, Lo bueno que tu papá está durmiendo -.

Pues Albino había llegado alcoholizado y se había gastado el dinero como de costumbre.

Al día siguiente como siempre se levanta al molino Chavelita para después ir a la escuela y la única forma de escapar de su realidad es estando ahí.

De regreso a casa, Cándida ya la esperaba con una bandeja de tamales de chepil (hierba comestible) y le expresa:

-Anda muchita cámbiate, que te vas a vender los tamales ¡Pero apúrate chamaca! No quiero que te agarre la noche y tu papá no te encuentre -.

Cuando empezó a andar Chavelita gritaba:

- ¡Tamales de chepil! ¡Tamales de chepil! -

Desde lejos Moy la distinguió con mucha alegría…

- ¡CHAVELITA, CHAVELITA! Y ahora ¿Qué tas haciendo nita? -

- vendo tamales de chepil, es que mi papá se gastó todo el dinero en la borrachera ahora ayudare a mi mama con un poco de centavos -. Le contesto Chavelita.

Entonces él se ofrece a ayudarle a vender.

Estaba que ardía el sol y aun así los dos, digo los tres, porque recuerden que Güiro nunca los dejaba, iban gritando por toda la calle ¡Tamales de chepil! ¡Tamales de chepil!, doña Celina muy amablemente les ofrece un bolis de calabaza, continúan vendiendo muy contentos. Ya le quedaban muy pocos tamales por terminar cuando llegan a la tienda de doña Clemencia y Moy le ofrece sentarse a Chavelita para descansar en una de las llantas viejas que había a fuera del lugar, entonces él le dice a doña Clemencia, que le compre los últimos tamales que tienen, ya le estaba regresando su cambio, cuando Chavelita se para admirada, mirando fijamente e impactada lo que estaba sucediendo en el televisor, su piel se erizaba y sentía como su corazón palpitaba muy fuerte, Moy le toco el hombro, le pregunta:

- ¿Qué tienes Chavelita? –

- ¡Mira cómo se mueven sus faldas, su cabello, sus listones, su forma de bailar! – contesto ella muy emocionada.

Doña clemencia al ver la reacción de Chavelita; agrega:

- muy chulo, verdad maye (nena), es una publicidad de la Guelaguetza -.

- ¿y qué es eso? – Chavelita pregunta.

- es un evento que se realiza en la capital del estado donde se presentan varias regiones a bailar incluyendo la costa oaxaqueña con sus faldas coloridas y grandes y su zapateado, lo ve todo el mundo-. Finaliza doña Clemencia.

Ellos salen de la tienda y todavía ella con esa emoción anclada le expresa a Moy:

- ¡YO QUIERO ESTAR AHÍ! –

-¡Vas a estar ahí!, Chavelita y yo te voy a estar aplaudiendo -, le responde Moy.

Ella comienza a dar vueltas muy sonrientes, imaginándose en el escenario, faldeando, con su traje típico y sus trenzas.

Después de una larga tarde, se van a sus casas.

Cualquier sitio de juego era un escenario de baile para Chavelita, tomaba su ropa como si fuese una falda y empezaba a girar, él con mucha alegría la veía y se paraba a acompañarla.

La etapa de la primaria para ambos fue muy divertida, pues asistir a una escuelita de CONAFE es una sensación única, convives con niños puros, no conocen mucho de la civilización y están sujetos a muchas carencias, son de esos peques que cuando ven un automóvil se impresionan.

CAPITULO IV: NEGRO COLOR DE LLANTA

EL NEGRO TIENE SU GRACIA NOMAS QUE LA HAMACA LO ENCHANDA.

TIVO HERRERA

El tiempo nunca se detiene así que empezaron a crecer, lo que significa que venían retos para ambos.
El verano comenzó y se acercaba el inicio de un nuevo paso al siguiente escalón de Chavelita y Moy, la secundaria, una etapa donde todos comenzamos a adolecer y a descubrirnos en el sentido sentimental y emocional.

La temporada de lluvia comienza antes del mes de julio y junio, tiempos de abundancia de fauna y flora, la mar se torna color gris y la sierra madre de la cordillera oriental se torna color verde por las lluvias, los ríos imparables se salen de su caudal, las lagunas abren boca barra, las gaviotas hacen fiesta por la sardina y los pescadores en sus pangas listos con su atarraya para atrapar camarones, los troncos de los árboles se adornan, el suelo se enriquece y las flores trozadas es señal del nacimiento de las iguanitas verdes, los primeros relámpagos y truenos es sinónimo de cangrejos morados en donde las personas bajan con costales a la playa a atrapar para vender o para comer...

¡Mamita!, ¡mamita! - ¡pájame una bolsa y un tambo con agua porque laj chicatana están cayendo! – grita Moy.

Él coloca el tambo bajo la luz de su patio, por el reflejo empiezan a caer un montón, las recoge con una escoba y las guarda en su bolsita...

- güiro ayúdame agarrar más para llevarle a Chavelita, no seas aplatanao (flojo) – le dice Moy a su perro.

- ¡pero que sonso somo, acá ejta el agujero, corre Moy! – grita doña Celina.

6:00 a.m., era la cita con las chicatanas, una alegría para los niños, los pollos se volvían locos con esas hormigas gigantes, los chicuyos, los chigüiros y todas las aves listos para comerlas.

De inmediato Celina le echa lumbre a su comal para asarlas con ajo y sal y hacerlas en salsa de molcajete.

Las ganas de ir a ver a Chavelita aumentaban pues esperaba que diera la tarde para encontrarla en el rio y llevarle las chicatanas.

La terracería era suficiente para que la bicicleta de Moy tambaleara y se cayera, iba a gran velocidad que se raspo las rodillas al caer, se limpió y llego al rio.

-¡Ps ps!, ¿estás sola? -, pregunto Moy silenciosamente.

— No, Mi mama anda juntando leña, ¡que es dime rápido! – contesto Chavelita.

- agarre con güiro unas chicatanas para ti -, dijo Moy.

Ella las tomo y las metió en su tambo de ropa que ya había lavado de tal manera que no se vieran.

Su mamá grita:

- ¡CHAVELA, YA! APÚRESE QUE LA NOCHE NOS ESTÁ CAYENDO -.

-Mañana persogare a pancho en donde siempre, te espero ahí -, finalizo Chavelita.

Moy iba de regreso cuando una culebra lo espanta pues iba atravesando el camino y exclama:

- ¡ay madre santísima, apúrese negro que la noche no es buena! - Se dijo así mismo.

Cuando llego a casa voto su bici y se metió rápidamente a su habitación, le encantaba ver una libreta vieja que recicló para pegar sus estampas, que cada vez que la veía se decía que él iba a ser como el patas locas. Mientras tanto afuera se escuchaba a todo volumen la música tropical (el mar azul o los negros sabaneros) doña Celina, Juan y alguno que otro pariente como siempre tan alegres bailando y con una botella de cerveza en la cabeza.

Al dia siguiente por la tarde:

- ¡Chamaco a donde va, ora! ja, pero eso chamaco de ahora que no, no obedece pué -, dijo doña Celina a Moy.

Mientras salía disparado con su bici iba a verse con Chavelita como le había dicho. La encontró y la vio mirando el horizonte, siendo tan observativa en su entorno, poniéndole atención a todo y queriendo atrapar una mariposa blanca, la observaba detenidamente como que si hubiese encontrado un diamante.

-¿Te ayudo? - Le dice Moy.

- ¿crees que algún día pueda volar como ellas? - Le pregunta,

- tú ya eres una de ellas, pero tus alas apenas van a crecer - le contesta Moy.

un silencio los acompaño en un largo rato mientras veían a pancho comer.

Él le recuerda a Chavelita que se deben ir porque la noche pronto iba a llegar, las ranas con su canto los acompañaba y las luciérnagas se veían en lo obscuro de los matorrales, ella se montó al burro y Moy en su bicicleta vieja, iban de regreso a casa.

Cuando de repente Albino grita:

- ¡PINCHE NEGRO COLOR DE LLANTA, YA NO MOLESTES A MIJA!.

Mientras Moy pedaleaba con tanta fuerza hacia su casa.

- ¡CHAVELAAA, VEN PA ACA!, ¿CUÁNTAS VECES TE TENGO QUE REPETIR QUE NO TE AJUNTES CON ESE NEGRO! -, jalándole una trenza y sacándose el huarache para pegarle.

- ¿CUÁNTAS CHAVELA? ¡ESOS MUCHITOS SOLO QUIEREN A LAS MUCHITAS PA HACERLE LA GROSERIA Y ESCUCHAME BIEN, LA MUJER PERDIENDO LA VIRGINIDAD YA NO VALE, NINGUN HOMBRE TE VA A QUERER, DEBES SER COMO TU MAMA -.

Su mamá en vez de defenderla, después de la tunda que su papá le acababa de dar le dice:

- ¡LA MUJER QUE SE DEJA TOCAR Y ABRAZAR POR UN HOMBRE, SE AGUADA CHAVELA,

ESO TE GANAS POR NECIA MUCHITA, CORRE PONTE A DESPICAR CACAHUATE TRABAJO QUIERES -.

Chavelita, mientras sentía el dolor de la golpiza y despicaba con lágrimas en los ojos ella pensaba en lo que sus padres le habían dicho, pues estaba segura que Moy no le quería hacer daño.

Por otro lado él llego a su casa algo asustado y triste porque sabía que le habían pegado a Chavelita por su culpa, se mete a su cuarto, toma su pelota vieja, se acuesta en la cama pensando en que algún día las cosas iban a cambiar e iba a defender a Chavelita de los monstruos de sus papas, se acorruco, abrazo su pelota y se durmió.

Era lunes inicio de clases en la secundaria, primer día y Moy, esperaba ansioso por ir, al salir de su casa güiro lo seguía y le dijo que se quedara que no podía acompañarlo al menos que lo esperara afuera de la escuela.

Llego y al instante observo a una niña tímida y con una mirada insegura a lo lejos, con sus trenzas, una bolsa negra bajo el brazo, su falda escolar y sus zapatos de plástico de 50.00 que era para lo único que le alcanzaba.

-¡niiiiiita!- Le dijo con cariño Moy, queriéndola abrazar.

Ella se hizo a un lado y con un sentimiento de tristeza en sus ojos le respondió: -aquí no, platicamos adentro-

La adolescencia de Moy se empieza a llenar de obstáculos en el tema estudiantil, les recuerdo que Moy viene de descendencia negra y por su aspecto físico desde el día uno empieza a recibir gestos de algunos compañeros.

De repente escuchaba cuchicheos, como: pelos de escoba, pelos de muñeca abandonada, negro color de olla, "hijo del chapo" pero del chapopote", esclavo o negro color de llanta.

Pero no eran todos los compañeros, existía un grupito de 3 amigos y el líder se llamaba Edilio, más conocido como Yoyo, manipulador, imponente, se creía mejor que todos, rebelde, retador, competitivo, presumido y coqueto. Su comida favorita era Moy y pocas veces Chavelita.

Moy empezó a darse cuenta que ya era personal el asunto, él y sus amigos nunca dejaban pasar la oportunidad de incomodarlo, de meterle el pie, empujarlo o reírse, pero Isa por suerte siempre estaba ahí para animarlo y decirle que lo ignorara.

Recordemos que a Moy le ha encantado el futbol desde siempre, un día en la hora de educación física el maestro los puso a jugar y se percató lo bueno que era, la envidia despertó en yoyo y sus amigos Chema y peluco, después de jugar decían cosas para subestimarlo.

Lo bueno es que había personas buenas y dos de ellos se acercaron a Moy cuando tomaba agua, cheque y Pipo, le dijeron que no les hiciera caso que lo único que estaban tratando de hacer es provocarlo y herirlo. Ellos al paso de los días se volvieron amigos, por otro lado Chavelita trataba de defenderlo, pero no lograba mucho y también a ella la molestaban, le gritaban,

- "AAAAAH MUCHITA TAS MENSA, TE VAS A PINTAR DE SU COLOR" O REGÁLALE UN POCO DE CLORO PARA QUE SE DESPINTE -.

En la escuela había un comedor escolar donde todos se formaban para recibir su almuerzo, tenían que pagar 10.00 pesos dinero que muchos no tenían y se quedaban sin comer.

Yoyo siempre se quejaba de la comida y comentaba con sus amigos entre dientes: - ¡esta comida asquerosa da aquí, todo el tiempo es lo mismo, frijoles y arroz! Por eso les pago para que hagan un almuerzo perron -

Moy y sus amigos lograban escuchar sus quejas y solo se miraban unos a otros.

CAPITULO V: INDIA PATA RAJADA

En la casa de Chavelita no había luz se alumbraba con un candil para hacer tarea después de ir a vender sus tamales, lavar sus únicas calcetas y uniforme que tenía.

Acomodaba todo para el siguiente día y despertar tan temprano como podía para bañarse, ponerse su uniforme a veces húmedo para llegar puntual, a pesar de que vivía lejos y tenía que caminar 40 minutos siempre era de las primeras en estar a la escuela.

Ese día no era un día común para ella, llegó, saludo a güiro y camino hacia su salón, se sentó en su butaca, miro que en la puerta había un anuncio, lo que le llamo la atención fue la falda ondeada color roja de una chica y de inmediato se acercó para ver de qué se trataba.

Al leer lo que el anuncio decía su corazón empezó a palpitar con mucha fuerza y su imaginación voló, pues decía sobre un taller de danza que la escuela ofrecía, su profesor le ordeno que se sentara.

Y yoyo no perdió la oportunidad de decirle:

- india pata rajada ¿Qué no escuchaste? -.

Chavelita lo miro con serenidad y se sentó.

En la hora del recreo ella se notaba pensativa, le gustaba sentarse debajo de un mangal con Moy y estar soñando como siempre, en esta ocasión no fue al comedor porque no llevaba dinero y saco su bolsita de tacos con sal y su bote con agua, Cheque y pipo llegaron le preguntaron que si irían a comer, Moy les respondió que no que fueran ellos porque él quería acompañar a Chavelita mientras ella le compartía de sus tacos.

-¿Qué pasa nita te pegaron tus papas otra vez? Le preguntó Moy.

- No, hace rato escuche decirle el director a Rosita que tal vez no va haber maestro de danza este ciclo escolar- le respondió.

Moy la abrazo para animarla, yoyo y sus amigos lo vieron, no pudo faltar la burla y les gritaron:

- ¡LA INDIA BAJADA DEL CERRO Y EL ESCLAVO, ¡AY QUE BONITA PAREJA! ¡CUANDO ES EL ENTREGO! - (se le llama entrego a la pedida de mano que hace el novio acompañado de sus padres, hermanos o tíos a los padres de la novia y consiste en llevar una canasta de pan, un guajolote, leña, banda, los ingredientes para el mole, refresco y mezcal).

- déjalos no les hagas caso algún día se tienen que aburrir — Chavelita le dijo a Moy para tranquilizarlo.

- algún día les pateare el induto (glúteos), me van a cansar Chavelita- Contesto enfadado Moy.

Saliendo de la escuela, Moy tomaba su bici y afuera ya lo estaba esperando güiro para irse aunque no se sentía a gusto porque tenía que dejar ir sola a Chavelita.

-¡CHAVELA! Apúrese mija que necesito que vayas allá de tu abuela Chencha, te va a vender un poco de mezcal pa' tu apa -, le dijo Cándida cuando vio llegar a su hija toda llena de sudor y las trenzas alborotadas.

A ella no le agradaba mucho ir a la casa de su abuela pues no tenía un buen modo para tratar a las personas, digamos que era bipolar no se sabía cuándo iba a recibirte bien o mal quizá era así porque fue maltratada por su madre y por su esposo cuando era todavía una niña, su madre la entregó como mercancía a un hombre mayor que ella al que no amaba alejándola del amor de su vida y del hijo que ya tenía con él, quizá por eso doña Chencha era así.

-Abuelita, buenas tardes, ¿Dónde conseguiste ese perico? -, le pregunto Chavelita a su abuelita viéndolo con cariño y asombro al llegar a su casa.

- el borracho de tu papa me lo trajo a cambio de mezcal, ¿Qué quieres?... Porque tú no vienes a verme, no más cuando necesitas algo… y si quieres mezcal no tengo Chavela -. Dijo doña chencha brava, aunque no era novedad.

- Abuelita, solo 20 pesos es que doña clemencia no tiene, o bueno préstamelo y ya mañana te lo repongo, ándale es que ya sabes como se pone mi papa -, respondió Chavelita.

- ¡YA TE DIJE QUE NO, VETE, NO QUIERO NIETOS MALAGRADECIDOS Y GROSEROS, QUE VIENEN A TIRARME PIEDRA NOMAS COMO LOS SIN VERGUENZAS DE TUS HERMANOS, QUE NO ME QUIEREN Y ME QUIEREN VER MUERTA! -, grito doña chencha correteando a Chavelita con un garrote.

Ella se dirigió a casa temerosa y nerviosa porque sabía como iba a reaccionar Albino si no le tenían listo el mezcal llegando a casa.

Chavelita desde pequeña rezaba en una piedra que estaba a 6 metros de su casa para que su papa no llegara haciendo escándalo y esta vez no era la excepción, a veces Dios la escuchaba pero otras andaba muy ocupado.

Así que antes de que apagaran el candil Chavelita vio el rostro de su mamá, tan ingenua y fingiendo que todo estaba bien mientras ella y sus hermanos morían de miedo, esperó a que Candida se acostara, salto la ventana cuidadosamente y se dirigió a la piedra, rezaba y rezaba con sus manitas juntas, sentía que el estómago se le hacía pequeño y que el aire le faltaba, cuando vio que una sombra negra se acercaba tambaleándose de un lado a otro, pues era Albino bien borracho, de su boca y cerrando sus ojos fuertemente salía un por favor, Diosito, por favor Diosito, por favor, por favor. Esa noche llego Albino directo a la hamaca vieja que tenían en su patio y se durmió, Chavelita regreso a la cama llorando de la emoción y agradeciéndole a Dios.

Al día siguiente:

- ¡No van a ir a la escuela muchitos!, Dijo Candida.

Ella se dirigió a su brasero y encontró unas tortillas chongas (tortilla dura), hizo lumbre, puso agua a hervir con lo último de azúcar que tenía, después quemo tres tortillas y las sumergió en el agua hirviendo.

- ¡Vengan muchitos, aunque sea agua de chihuala y un taco con sal de tortilla chonga van a comer hoy! -. Llamó Cándida a sus hijos a comer.

No había otra opción, mientras Cándida daba el almuerzo pensaba que darles de comer más tarde, así que le dijo a Silvano uno de los hermanos de Chavelita, que fuera con don Miguel y le pidiera prestado su atarraya para que fueran a pescar.

Cándida, Chavelita y sus hermanos tomaron vereda con Pancho y se fueron a la pesca mientras que Albino estaba dormido.

Después de 50 minutos de haber caminado, llegaron y con mucha emoción se metieron al mar a pescar, por otro lado Chavelita, se imaginaba lo grande que ella iba a ser siendo una gran bailarina del folklor oaxaqueño, su imaginación era infinita y acostada en la arena cerro los ojos, veía como su falda se alzaba por los giros que daba, como las personas aplaudían por su presentación en la Guelaguetza…

- CHAVELA COMO SIEMPRE TRAGANDO AIRE, VEN AYUDANOS, HAY CHIQUILIQUES, APURATE CHINGADOS.- le grito su hermano.

para ella y sus hermanos el agarrar esos crustáceos era una diversión pues son animales muy listos y si tú no eres más listo que ellos ya te fregaste.

Ya iban de regreso, por fortuna agarraron medio tambo de freles (pescado) y chiquiliques (crustáceo parecido a un cangrejo pero en forma de cochinilla de tierra), se les acabo el bule de agua, era casi la hora de la comida y la panza de Chavelita parecía un grupo de dinosaurios hambrientos, Cándida al ver sus pancitas de sus hijos sumidas.

- perdóname Diosito, pero mis muchitos tienen hambre – pensó, dirigiéndose a una huerta de mangos que había en el camino. Chavelita se le quedo viendo a su mamá.

- ¿mama y si nos ven? -, le pregunto Chavelita algo asustada.

su mamá le contesto que se apurara que metiera los mangos que cupieran en el costal.

Tenían mucha sed y vieron una huerta de sandía, no hubo otra opción cortaron las más tiernas y comieron como si tenían días sin haber probado ni un bocado de nada.

Siguieron caminando y uno de los hermanos se estaba deshidratando.

- UNA PALMERA MAMA, MAMA, MAMA, UNA PALMERA, BAJEMOS UN COCO- gritó Chavelita para que pudieran saciar su sed-.

Silvano era el más atrevido y se subió con una cuerda, como pudo bajo un racimo de cocos, con el machete los cortaron para beberlos y así siguieron su camino.

Cuando llegaron, Albino no estaba.

- mama iré a persogar a Pancho -. Dijo Chavelita

- No chamaca hombre, vas a comer -, contesto Cándida.

- No tengo hambre mama- respondió ella agarrando vereda con Panfilo.

Montada en Pancho fue a buscar a su papá, se encontró a Moy en el camino y él quiso saludarla pero ella no se paró solo se le quedo viendo, voltió hacia la tienda de doña Clemencia y no lo encontró ahí, más adelante estaba yoyo y sus amigos y...

- ¡INDIA PATA RAJADA! ¿ANDAS BUSCANDO A TU PAPA? JAJAJA -. Le gritaron burlamente.

Ella siguió su camino y mientras iba se imaginaba en la playa sentada sentía como la ola que reventaba llegaba a sus pies y una paz inmensa invadía su alma... cuando de repente regresa a su realidad y escucha música tropical a todo volumen en una casa y gritos de personas ebrias, amarra a Pancho en un huamúchil y se acerca lentamente para mirar a través de una cerca de palito de coco, 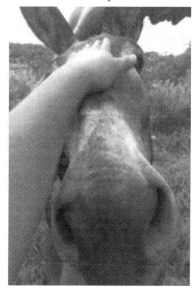 miró de derecha a izquierda, cuando sus ojitos se detienen trataba de distinguir bien a un señor que tenía en las piernas a una mujer, solo le basto moverse un poquito para darse cuenta que era su papá con lágrimas en los ojos llego con pancho, lo desato y regreso a su casa con tanta rapidez…

- ¡CHAVELITAA! - Le gritó Moy. Y no le hizo caso.

Chavelita llego al lugar donde siempre amarran a Pancho, lloraba sin parar, se imaginaba una vez más sentada en el mar cuando…

- ¡CHAVELAA! PERO QUE HACES CHAMACA, YA ES NOCHE TE PUEDE PICAR UNA CHATILLA VERAS PENDEJA, VAMONOS CORRE -. Le dijo su mamá enfadada cuando la descubrió.

- ya voy mama, ya voy - , respondió ella fingiendo que nos pasaba nada quitándose las lágrimas.

Una noche más de miedo y angustia, apagaron el candil ella espero que su mamá se durmiera, salto de la ventana y se dirigió a la piedra, creo que Diosito esta vez estaba ocupado. Llegó Albino golpeando la puerta e insultando a Cándida, desde la piedra vio como abre la puerta con todas sus fuerzas pues a esta solo la detenía una silla, la sacó de los pelos y la arrastró, le pego tanto que escuchaba a sus hermanitos llorar y ella era tan pequeña para defenderla, pero no le bastó eso a Albino, se dirigió a la cocina, tiro todos los trastes y los pescados que había asado Cándida en el comal para que no se echaran a perder.

Al día siguiente con una tristeza enorme Chavelita fue a la cama a ver a su mamá y solo pensó: algún día mama mis alas crecerán y todo va hacer diferente.

CAPITULO VI: ROJO ATARDECER (SONES DE POCHUTLA)

Después de varios días de no haber ido Chavelita a la escuela, se presentó:

- ¡vaya! Hasta que se le hincha a la india trenzuda venir -, dijo Yoyo.

-Hola Chavelita, ¿Cómo estás? -, saludo Moy.

- Cuando estoy en la escuela mejor-, respondió ella sentándose en su butaca.

En el recreo Chavelita noto algo diferente, un nuevo maestro con una personalidad muy peculiar, alegre y listo, escuchó comentar a las demás muchitas que tal vez era el de danza algo le decía que iba a recibir buenas noticias.

Con una piedra golpean el asta de la bandera señal de inicio de modulo, pues el recreo ya había acabado.

Ella presentía algo muy bonito cuando vió entrar al director con el nuevo maestro a la clase...

- buenas tardes profesor, ¿me permite dar una información?, dijo el director tocando la puerta de palitos.

- buenas tardes alumnos les quiero presentar al nuevo maestro de danza, se llama Miguel – continuo diciendo el director.

Su corazón de Chavelita palpitaba y sus ojitos le brillaron cuando escucho eso, no falta la niña que pregunta acerca de las clases entonces...

- En los módulos restantes tienen el taller de danza hoy mismo inician -. Finalizo el director.

Moy veía con mucho cariño la carita de Chavelita.

-Hoy inician Sr. Director - dijo Chavelita con timidez y alegría como reafirmando algo que no podría creer.

- ¡hay por favor! La india acaba de hablar, pensé que eras muda -, exclamó yoyo entre dientes. Moy se le quedo viendo con furia.

Termino la clase, su cabeza de Chavelita parecía explotar de la emoción, sentía mariposas en la mente solo de imaginar lo que iba a pasar, sus pies temblaban, su corazón se salía, se tocaba sus trenzas y miraba a las demás niñas con pureza cuando de repente salta una niña muy sonriente y le pica la panza:

- ¿¡estas contenta Chavelita!? ¡Hemos esperado mucho tiempo para esto! -, le dijo Rosita.

Rosita era una niña muy tranquila pero alegre, decidida y brava, no se dejaba de nadie. Chavelita solo sonrío.

Por fin llega el maestro de danza.

-Niñas, buenas tardes a partir de ahora voy a ser su maestro de danza, ¿ok? Pasare lista y quien no escuche su nombre me dice por favor para agregarla -, expreso el maestro.

- que levante la mano la niña que sepa zapatear y si no sabe no hay problema aquí va a prender -. Finalizó el maestro.

Chavelita no levanto la mano, entonces el maestro Miguel pidió que hicieran una rueda y que las que sabían zapatear les tuviesen paciencia a las que no, había una chica con algo de arrogancia y se burlaba discretamente de las que no sabían bailar, desde luego Chavelita sintió inseguridad pero era más su interés de aprender.

Antes de que acabara.

- ¡chicas! Todas deben de tener una falda, es un instrumento para la clase que vamos a ocupar no solo en este ciclo escolar y necesito que piensen en el color pero mañana me dicen, de preferencia que sea así (les enseña una foto de la falda de Pochutla) por favor y urge, es muy importante que les enseñe como portar y como se debe agarrar, cabe la posibilidad que nos inviten a bailar a la escuela vecina, debemos lucirnos chicas, su única tarea es que me perfeccionen el zapateado y que lo poco que pudimos hacer lo practiquen en casa, ¿escucharon? Nos vemos mañana -. Agrego el mestro.

-¡Escuchaste eso Chavelita, ponte trucha! -, dijo Rosita con mucha emoción.

Chavelita y Rosita empezaron a ser buenas amigas pues aunque eran polos opuestos tenían buena química.

-¿Cómo te fue nita? - Le preguntó Moy.

Entonces...

- se dice como les fue, yo no estoy pintada -. Interrumpió Rosita.

- Perdón, quise decir como les fue jaja- dijo Moy riéndose.

- Pues muy bien, aunque aquí a mi manita le falta zapatear -, contesto Rosita abrazando a Chavelita.

- va aprender por eso se llama taller de danza Rosita bemba (tonta) -. Dijeron Moy,, Pipo y Cheque.

Entonces ya no era Chavelita y Moy solamente, ahora se sumaban Rosita, Cheque y Pipo, un grupito de adolescentes con buena vibra, disfrutando su amistad y haciendo el bien en todos los sentidos.

Pero por otro lado, era Yoyo, peluco y Chema otro grupito de adolescentes malévolos que cada vez que los veían no dejaban de pasar la oportunidad de burlarse de Moy y sus amigos.

Al día siguiente en la escuela, el director se presentó a la clase acompañado de una alumna nueva se trataba de una chica linda, actualizada, con una apariencia valiente, determinante y segura, ella se llamaba Gabriela se dirigió a su butaca y cuando se percató de la presencia de Chavelita se le quedó viendo con desprecio.

Llegó la hora del taller de danza, Chavelita y Rosita eran las primeras en estar

- ¡que feo lugar, huele mal! -, exclamo Gabriela cuando llego y viendo con desprecio a Rosita y Chavelita que estaban cerca.

Rosita como era muy lista se dio cuenta que desde que la vio iba a ser el problema de la clase.

Después de unos minutos el maestro Miguel se presenta, y les ordena a todas que hagan un círculo.

- ¡chicas! ¿Han pensado en el color de su falda? Me urge saber para darle forma a esto, empiezo contigo Rosita- pregunto el maestro.

- si maestro, el color de mi falda es Rosa mexicano-, contestó Rosita.

- maestro hay una alumna nueva, ¿apoco no lo ha notado? -, interrumpió Amalia

- ¿así? ¿Y quién es? - Contesto él.

- ¡yo!, me llamo Gabriela y también me gusta la danza -, se adelantó a contestar Gabriela.

-Bienvenida Gabriela, te voy a pedir Amalia que le informes a tu compañera lo que hay hasta ahora -. Dijo el mestro.

Chavelita para elegir el color de su falda, recordó los atardeceres que ve cuando va a persogar a pancho.

Después de preguntarle a las chicas sobre el color de su falda empezó a nombrar una por una:

- Isabel, el color de tu falda por favor -, continuo diciendo el maestro.

- yo quiero roja -. Interrumpió Gabriela.

Chavelita se le queda viendo y...

- Gabriela, por favor le estoy preguntando a tu compañera, esto es en orden -. Dijo el maestro.

-Roja, maestro -. Respondió Chavelita, en Gabriela se notó el enfado y le enseño la lengua.

-¡Chicas!, el baile que estaremos ensayando será "los sones de Pochutla" por el momento solo mejoraremos el zapateado y para la siguiente semana ya quiero su falda -. Finalizo el maestro.

Empieza a sonar la música y a Chavelita se le enchina la piel, Rosita la invita a zapatear y le ayuda, mientras tanto Gaby y Amalia se burlan de ellas.

CAPITULO VII: FLOR DE MUERTO

1994, 6 meses de nacida, un mapa en su pierna derecha le encantaba, decía que era igual que el de su mujer, jugaba con ella, la abrazaba y besaba pues era su consentida, se preguntaran de quien hablo, del abuelo de Chavelita, el respetable y admirado don Heraclio.

Su abuelo fue un campesino muy trabajador, machista, necio, de carácter fuerte y mujeriego pero por el otro lado servicial, amable y amigable con las personas, como dicen por ahí "candil en la calle y obscuridad en su casa".

Don Heraclio era muy querido pero también odiado por algunas personas, era de esos indígenas luchones algo así como pancho villa pero este con varias viejas a la orilla, no se dejaba por nadie, siempre traía machete y escopeta por si alguien se le cruzaba y quería retarlo pues era de armas tomar. Como decía candil en la calle y obscuridad en su casa, ¿Por qué? Porque en la calle era muy amable, accesible y sociable aparentaba lo que no era, pero en su casa era otra cosa, trataba mal a sus hijos y a su mujer.

María era la abuela de Chavelita una mujer indígena sumisa pero no tan inocente algo ruda, sabía lo que hacía don Heraclio ella era consciente de sus actos.

Lazada a caballo y arrastrada fue llevada a casa de don Heraclio para que le sirviera como mujer, tenía tan solo 12 años de edad, ¿A esa edad que niña tiene idea de lo que es mantener un hogar? Ninguna. Al poco tiempo que se la llevo a vivir, se embarazó, María empezó a tener una vida de terror pues la trataba con la punta del pie.

Se levantaba muy de madrugada a hacer las tortillas que esto consiste en un proceso, en la actualidad existe el molino eléctrico pero en ese entonces se ocupaba el metate para quebrar el nixtamal, te estoy hablando del año 1967, embarazada a los 12 años con un esposo 8 años mayor que ella que la golpeaba y que le era infiel, no era fácil vivir así.

Mientras pasaba el tiempo María acepto la vida que tenía con Heraclio, se empezó a llenar de hijos, 8 para ser exacto y Cándida fue una de ellos, bueno los problemas externos se hicieron presentes. Heraclio trabajaba mucho e hizo cosas por el pueblito en donde vivian lo curioso es que a sus hijos no les compraba ni ropa interior y a María la empezó a vestir muy bien, pues era la esposa de "DON HERACLIO" tenía que verse bien.

Heraclio tomo malas decisiones en su vida, como matar personas por justicia propia, equis motivos.

Por otro lado María era vidente, es decir; desarrolló una capacidad sobrenatural para anticipar el futuro o descubrir aquello que no se conoce, bruja no es la palabra adecuada para describirlo. Conforme pasaba el tiempo ella descubría que Heraclio andaba en malos pasos pero nunca le reclamó, digamos que fue "inteligente" en vez de retarlo o de quejarse empezó a ser cómplice ¿Cómo? Prediciéndole a Heraclio el futuro, muchos enemigos quisieron matarlo y gracias a que María lo desviaba no le pudieron hacer daño. Cándida era un mujer muy lista y se daba cuenta de las cosas que sus padres hacían e incluso les reclamaba, pero no tenía voz ni voto pues terminaba siendo golpeada por María o Heraclio, cuando Cándida se embarazó de Chavelita, Albino la abandonó y estuvo un tiempo con sus padres hasta que Heraclio se hartó y la corrió.

Un día la necedad de Heraclio lo hizo cavar su propia tumba.

María y él venían de compras de un lugar lejano aproximadamente dos horas de donde vivían, se desviaron hacia otro pueblito antes de llegar a su casa e hicieron tiempo, cabe mencionar que días antes a

Heraclio le pidieron prestada su arma, una persona que era muy allegada a ellos, él no acostumbraba andar sin armas y ese día sí.

Llegaron a su casa y a él se le ocurre salir a un mandado, María le dijo que no que presentía algo, entonces él insistió y ella tenía que acompañarlo.

Le hablaron a un amigo cercano para que los llevaran al sitio donde iban y por medio camino se percataron que habían aproximadamente 6 hombres pintados de la cara con carbón y armados en cada lado de la terracería, entonces una camioneta se les metió y un hombre alto con una máscara se bajó, una vez que se detuvieron los hombres bajaron violentamente a María y a Heraclio, tomándola a ella de los cabellos e hincándola y apuntale en la cabeza con arma y a él de los brazos hacia atrás apuntándole por todos lados, Heraclio tan necio y retador se pudo soltar, agarro de la camisa al hombre de la máscara y le dijo que si lo iba a matar que lo hiciera ya, que no fuera cobarde, entonces de un manotazo logro quitarle la máscara, cuando Heraclio hizo eso lo hincaron, mientras María gritaba enojada que dejaran en paz a su marido, entonces el señor mascara saca una pistola, se trataba de la de Heraclio que había prestado días antes, se la da a un hombre y dos balazos sonaron uno en el pulmón izquierdo y el otro debajo de la costilla, Heraclio cayo boca abajo y María gritaba: ¡ya se lo comieron! Lárguense hijos de su p&%$ M&%$#. Todavía María agarro una piedra para aventárselas a los asesinos pero uno voltió y le dijo que no se le ocurriera hacerlo porque a ella también se la iban a chingar.

María se dio cuenta que Heraclio seguía vivo y empezaron a arrastrarse para pedir auxilio, pero había uno de esos hombres escondido y dijo: - ¡está vivo!-, regresaron y con su pistola le dieron el tiro de gracia, su cruz decía 17 de julio de 1994.

Se acercaba el día de muertos, un día lleno de sabor y un olor muy peculiar, las casas se llenaban de color naranja, de incienso, de recuerdos y de tristeza, una fecha muy significativa para encender una luz al camino de nuestros ancestros que han partido.

Era el concurso de altares en la escuela de Chavelita y todos los grupos se organizaba para realizarlo, la ofrenda mejor apegada a la tradición ganaba, cada alumno traía consigo algún producto o alimento, así que se organizaron y a parte del producto que se les pidió por medio de papelitos también les toco flor de cempasúchil para que no hubiese inconformidad, el jefe de grupo era el más listo del salón y fue quien los organizo pidiendo también una foto de alguna familiar fallecido, así que a Chavelita le toco sus pencas de palma para el arco más su racimo de cempasúchil, los jueces eran los profesores quienes iban a calificar y dar el veredicto final.

Chavelita fue la responsable de dar la descripción de la ofrenda disfrazada de catrina y expresó lo siguiente:

- ¡Buenas tardes querido juez calificador, les presentamos mi grupo y yo nuestro altar de muertos. La ofrenda o altar de muertos es una tradición mexicana que debemos preservar y consiste en ofrecer como ofrenda alimentos, velas, flores y objetos de uso cotidiano de nuestro difunto con la creencia que las ánimas regresan a disfrutar los platillos, a probar la fruta y a contemplar la flor de cempasúchil que se les ofrece. Es una construcción simbólica resultado de las ideologías prehispánicas, de esta forma, vivos y muertos se reencuentran en una dimensión que les permite convivir.

Como ven querido juez nuestro altar está compuesto de siete niveles, cada nivel representa el paso del alma para llegar al descanso espiritual, los elementos que lo componen son los siguientes:

El Agua es el reflejo de la pureza. Ayuda a mitigar la sed del alma que viene de un largo camino y también fortalece su regreso.

Las Veladoras y cirios su flama es la luz, la fe y la esperanza que guía en este y el otro mundo, la comunidades indígenas dicen que cada vela representa un difunto.

El Copal e incienso es una fragancia de reverencia que limpia y purifica el ambiente, además ahuyenta los malos espíritus,

El Cempasúchil es la flor que por su olor y color dirige las almas a su hogar.

El Alhelí y la nube, se complementan con la flor amarilla., por su pureza y ternura acompañan el alma de los niños.

El Arco se adorna con flor de cempasúchil y fruta, representa la entrada hacia el inframundo.

La Cruz es elemento introducido durante la evangelización, se coloca en la parte superior del altar y está hecho de pétalos de cempasúchil.

El Pan, puede hacer falta en los altares representan a la fraternidad.

El Petate sirve para el descanso de las ánimas.

El papel picado, color amarillo y morado representan pureza y duelo.

Las calaveras, son dulces que representan alusiones a la muerte pueden ser de azúcar, chocolate o amaranto. También representa que la muerte puede ser dulce y no amarga.

La comida y bebida es colocada de acuerdo al gusto de difunto, sobre todo alimentos derivados del maíz, mole, pozole y tamales así como también frutos de temporada como calabaza, tejocote, jícama y naranja y bebidas como mezcal, pulque o tequila -.

Asi culmina Chavelita su reseña, Moy enciende el incienso del copal y lo pasa por todo el altar.

En La salida estaba Yoyo y sus amigos al parecer Gaby y su amiga ya se habían unido al grupito.

-¡Ey! India refajuda, ustedes no necesitan maquillaje porque muertos parecen, pero de hambre jajajajaj -, gritaron.

Moy se molestó y esta vez si le respondió:

- ¡agarra mi baica (bicicleta) chavelita! Que le voy a partir la trompa a ese pinche muchito -.

- ¡y bien partida manito! -, dijo Rosita apoyándolo.

- ¡tas luria tu Rosita, corran chamacos! – respondio Chavelita.

Todos iban detrás de Moy a detenerlo.

- A mi dime todo lo que quieras, pero a mi chavelita y a mis amigos nada -, exclamó Moy enojado a Yoyo… apenas pudo rosar Moy su playera de él, cuando Yoyo lo empuja y dice:

- ¡tú no harás nada esclavo! -.

Gaby llevaba un tarro de chocolate y sus amigos petalos de cempasúchil que después de haber caído Moy al suelo se lo vaciaron en la cabeza.

- ¡vámonos, aquí huele a muerto! Creo que su amigo no necesita de su ayuda sino una veladora jajajaja -. Finalizo Yoyo burlamente.

Se acercaron sus amigos para levantarlo y limpiarlo.

- ¡uuuuu! Le gustas a Moy, ay si mi chavelita -, le dijo Rosita en voz baja acercándose a Chavelita y pegándole en el codo. Ella solo sonrió avergonzada.

-¡Chamacos, nos vemos en el panteón eeh No falten -, grito Pipo.

-¡CHAVELAAAA! APURATE CHAMACA, QUE SE NOS HACE TARDE PA' AL PANTEON -, le gritó Cándida.

Chavelita fue por pancho, ataron sus bules de agua, una bolsa de veladoras y unas cubetas para las flores de cempasúchil.

El panteón era una constelación llena de luces y el olor de flor de muerto era el incienso que se respiraba por todo el lugar, las almas estaban de fiesta y los vivos tan cerca de ellos. Cándida se dirigió con Chavelita hacia la tumba de Heraclio, barrieron, colocaron los ramilletes de flor y encendieron las veladoras, se pusieron en posición de orar, cuando:

PS PS dijo Moy aventadole una flor, caminaban sobre las tumbas, jugando y espantándose ¿Quiénes? Chavelita, Moy, Rosita, Cheque, Pipo y guiro, se sentaron en una tumba para hablar sobre historias de terror.

- ¡LA MATLACIHUA! - Gritó Rosita.

- ¡CALLATE! - Dijeron los demás.

-¿y que es la matlacihua? - Preguntaron,

- ¡ay! ¿no saben? Cuenta la gente que es una mujer muy hermosa que ambula por las calles y se les aparece a los mezcaleros, les coquetea, se muestra gentil y una vez que los envuelve se los lleva… a mi tío ya le paso -. Contó Rosita.

- ¡Que mitotera Rosita! - Dijeron,

- como tu papa chavelita que es bien mezcalero -, agrego Pipo.

- y tu papa Cheque -. Todos rieron despues de que Rosita dijo eso.

Luego se levantaron para ver que sucedía pues venia una banda de música de viento acompañada de gente era el entierro de un niño.

- ¡Pobre señora! - Exclamo Rosita y se fueron del lugar.

Al dia siguiente…

-Apúrense jovencitos, tenemos que echarle ganas a esto, el tiempo lo tenemos encima -. gritó el maestro de danza.

Pues tendrían una participación en una escuela y estaban ensayando sones de Pochutla, la pareja de Chavelita era Moy se complementaban muy bien, la de Rosita era Pipo y la de cheque, Casimira. Por otro lado no podían faltar los odiosos de Yoyo y Gaby como pareja, Chema y Amalia y Peluco e idelfonsa.

Empezó a sonar la música, como siempre chavelita disfrutando cada paso, cada faldeo, cada ritmo, cada cambio, su sonrisa era inquebrantable, era excelente en eso, era una de las mejores zapateando y de ahí le seguía Rosita, bueno, en realidad todos muy buenos pero Chavelita era una soñadora empedernida, cada que escuchaba música o bailaba su cabeza explotaba y soñaba viéndose en la Guelaguetza.

Y entonces paró la música, pues Chavelita cayó, empezó a llorar y miro a Gaby con ojos de furia, ella le había metido el pie con la intención de lastimarla y se troncho el pie.

Rosita le gritó malvada mientras la levantaban, ella renqueaba y estaba preocupada por su recuperación.

Después de que la llevaron a la dirección para checarla (no había primeros auxilios, menos doctores), un profesor se ofreció ir a dejarla a su casa.

Rosita notó que Chavelita iba pálida, desganada e incluso llevaba fiebre pensó que no era normal que quizá no era por el golpe, y si, no era por el golpe.

-Pero que te ha pasado muchita bemba, mira como traes ese pie - , exclamó Cándida.

- al rato vengo mama voy al baño – dijo Chavelita corriendo.

No tenían baño, hacían en el monte y se limpiaban con hoja de cuaderno, cuando mira su calzoncito, ve una mancha de sangre y empieza a temblar, se espanta, temía en decirle a su mamá.

Mama esta manchado mi pantaleta de sangre -, dijo Chavelita a Candida con temor.

- ¡JIJA DE TU PINCHE MADRE! SEGURO YA TE HIZO LA GROSERIA ESE HOMBRE, IRA HASTA CALENTURA TRAES CHAMACA, QUE NO SE ENTERE TU PAPA QUE TE VA A PONER COMO EL SANTO CRISTO! – grito Candida.

- ¡MAMA QUE TU NUNCA REGLASTE, NO DIGAS COSAS QUE NO SON! - contestó Chavelita enojada.

Entonces se dirigió Chavelita a su ropa, busco una blusa, la cortó, la dobló y la colocó en su pantaleta.

CAPITULO VIII: TACOS Y HUARACHES

Ya era casi fin de curso lo que significaba entrega de calificaciones, exámenes y la inquietud de culminar, así que sobraba un espacio, la aprovechaban para hacer eventos deportivos y culturales entre escuelas.

Y con ustedes publico querido: los sones de Pochutla presentada por los alumnos de la escuela secundaria "FRIDA KAHLO"

Empezaba la música y Chavelita se persigna antes de salir, pues su corazón sentía que le iba a salir, veía con mucha admiración y al mismo tiempo nervios al público que estaba a punto de presenciar dicho número, también no estaba segura pues el pie aun le dolía.

Chavelita era muy buena bailando, sus trenzas parecían serpientes danzantes y su reboso viejo y negro de su abuelita con varios agujeros parecía nuevo, los huaraches de piel de su madre eran los mas contentos, su falda roja como el atardecer una ola de 4 metros en tierra, su rebajo era el más tímido y noble, su sombrero de palma era el más coqueto, su mascada te invitaba a bailar, pero su zapateado, chingao era el mas brillante y vibratorio.

No podía faltar su compañero de baile, Moy un negro lleno de algarabía con su vestimenta de manta de arriero, su sombrero, su paliacate rojo y sus huaraches con suela de llanta eran los más ruidosos junto con sus chiflidos mientras bailaba para transmitir la emoción a las personas.

-¡Chicos lo hicieron excelente, felicidades! -, expresó con mucha emoción el maestro.

-Mañana es su partido verdad muchitos -, dijo Rosita.

— si —, contestaron.

- estaremos apoyando sin falta, ustedes van a ganar -. Expreso Rosita con alegría.

- ¡a claro!- Contesto Cheque.

-Así es, la victoria va hacer nuestra, pero por el desempeño de nosotros - dijo Yoyo desde donde estaba.

Moy y sus amigos se le quedaron viendo seriamente, sabían que tenian contenerse porque no ganaban nada con ir a golpearlo, aunque si por Rosita fuera ya le hubiera tumbado los dientes.

Tiempo después Rosita se empezó a dar cuenta que a Moy le gustaba mucho Chavelita por como la veía y lo atento que era con ella, pero Chavelita era muy tímida, enfocada en sus estudios y probablemente preocupada por lo que pasaba en su casa lo que tal vez no le permitía ver más allá de lo que ocurría con Moy.

Llegando a casa Chavelita le dio de comer a los pollos, guajalotes y cuches, después se fue a persogar a Pancho y mientras veía el atardecer pensó que en estas vacaciones iba a buscar trabajo para llevar comida a casa, pues ya estaba harta de no encontrar nada que comer.

Fue al rio, se sentó en una piedra y puso sus pies descalzos en una posita, mientras pancho comía, se miró en el reflejo y se dijo:

- mis alas crecerán y todo será diferente -.

-¡Chavelitaaaaaaa, aquí estas¡ traje una chicalmata pa agarrar camarones y popoyotes, vente vamos, ándale si, Pancho no se va -. Dijo Rosita cuando llegó saltando por detrás de Chavelita.

Era el juego más divertido que podía haber, pues aparte que se la pasaban muy bien, llevaban de comer a casa.

Después llegaron los demás y se subían a una piedra gigante para echarse clavados.

-Chavelita, ¿te has dado cuenta como te mira Moy?- Le preguntó Rosita.

- pus con los ojos -, respondió Chavelita con ingenuidad viendo a Moy.

- parece que no tuvieras chiste, no bemba, a Moy le gustas mi pregunta es ¿a ti te gusta? -, pregunta Rosita con risa.

- saber -, responde Chavelita con timidez.

- Chavelita, saber no es una respuesta deberías de hablar con él -, Finalizo Rosita y echaron a correr para nadar con ellos.

Regreso Chavelita a su casa, amarro a Pancho, escucho que sus papas estaban discutiendo, en el corredor de su casa había una hamaca vieja y agujerada, para escapar de su realidad se mecía fuertemente imaginando que bailaba en la Guelaguetza

Al dia siguiente Moy estaba listo para hacer sus mejores jugadas, con tanta disciplina y pasión, se ganó la posición de delantero acompañada con la gran actitud y alegría que le caracterizaba, también un soñador empedernido de debutar en las grandes ligas, mientras iba al baño a cambiarse junto con sus amigos su mente volaba y se decía que algún dia iba hacer tan bueno como su ídolo "el patas locas", se persigno, entonces... pasa Yoyo cerca de él porque antes ya había visto que su playera tenía un agujero y con el dedo índice la jala para que se rompiera más, Moy se enoja, quería golpearlo pero sus amigos lo detuvieron y solo pensó: en la cancha nos vemos.

Chavelita, Rosita y toda la clase estaban muy entusiasmados, con unos botes llenos de piedras los acompañaban para apoyar a "los chicatanas" así se llamaba el equipo de futbol de la escuela.

El partido estaba a punto de comenzar, el árbitro a punto de pitar, el balón en medio de los capitanes, en este caso era Yoyo.

Yoyo pensó: negro fiero vas a durar muy poco.

Empieza el primer tiempo...

-¡Que tiene ese muchito grosero, se quiere echar al Moy! - Dijo Rosita enfada.

- Moy es inteligente no va a caer en los juegos de Yoyo -, respondió Chavelita confiada y tranquilizando a Rosita.

- ¡LO REPARIO MUCHITO HORRIBLE COMBINALE EL BALON A MI AMIGO, NO SEAS CUITA, PROFE IRE ESE YOYO NO HACE EQUIPO CON MOY! -. Gritó Rosita bravísima

Moy por más que pedía el balón no se la pasaban, el marcador apuntaba en ceros, hasta que un jugador de los contrincantes da un mal tiro, le cae el balón a cheque corre, corre y corre peleando el balón, le da el pase a Moy que estaba cerca de la portería y hace un tiro libre a gol, se persigna mirando al cielo y después a Chavelita. Yoyo estaba a la misma temperatura que el sol, bravísimo.

Los botes llenos de piedras sonaban fuertemente celebrando el gol de Moy y él celebraba con un zapateado.

Pasó el primer tiempo, todos felicitaron y elogiaron a Moy por su participación, después se le quedó viendo a Chavelita y ella le sonrió con gratitud y nerviosa.

-¿No le vas a decir nada Chavelita?, lo repario contigo -. dijo Rosita.

Por otro lado Yoyo y sus amigos planeaban hacerle daño, estaban sentados en unas banquitas revueltos, cuando le pide Yoyo a uno de ellos enfrente de él señalando el taco de Moy, se lo entrega y le hace de señas amenazándolo que guardara silencio, se retira del lugar alejándose un poco, mirando para todos lados para verificar que nadie lo estuviese viendo y lo lanza al monte mientras que moy estaba con sus amigos hablando de su jugada con emoción.

El árbitro pita y todos se acercaban al campo, cuando Moy llega a su lugar se da cuenta que el taco no está, lo empieza a buscar como loco preguntando si alguien lo había visto.

-¡Moises apúrese, que el partido ya va a comenzar! – gritó el maestro.

- ¡es que no encuentro mi taco profe! - le respondió desesperado.

- ¡así no puedes entrar! -, agrego el profesor agarrándose la frente.

- Teodoro entra por Moy, apúrate -, finalizo el profe.

Moy estaba triste y enfadado no podía creer lo que había sucedido, Rosita y Chavelita lo ayudaron a buscarlo.

-¿Viste quien estaba cerca de tus cosas? - Le pregunto Chavelita.

- mmm no, después de que deje mis cosas y me quite los tacos para refrescar mis pies en la banquita me vine con ustedes y no me di cuenta-, respondió Moy.

- acuérdate manito-, dijo Rosita.

-¡Que voy hacer! eran los únicos tacos que tenía, mi mama me va a pegar, me dijo que los cuidara, bueno, deja tu que me pegue, sino, con que voy a jugar ahora -. Dijo Moy con tristeza y desesperado.

Se quedaron viendo el partido apoyando a los demás, mientras Chavelita observaba a Moy como nunca lo había visto, triste y abatido por la pérdida de su taco, se le acerca y le pone su mano junto a la de él como diciendo tranquilo, todo va a estar bien, Moy solo la mira y continua viendo el partido.

Finaliza el partido, aplauden a todos pero felicitan a Yoyo en particular porque el equipo había ganado por los dos goles que había metido pues el marcador quedo 3 – 1.

Cada quien se dirigió a su casa.

- ¡nos vemos en la canchita pa echar la cascara! -, grito Pipo corriendo hacia su casa.

- ¡yasta! - contestaron todos excepto Moy.

Moy temía llegar a su casa, trato de entrar en cuclillas, se asomó a la cocina y en eso vio a su mamá dando de comer al cuche.

-¿Moy, eres tú?-, preguntó Celina.

- si-, contesto él a la fuerza.

Cuando voltea a ver a su mamá, ella lo mira de pies a cabeza y…

-¿Por qué vienes descalzo?, ¿Dónde están tus tacos? -, insistió Celina.

Él se queda callado.

- ¡Moy te estoy hablando jijoo de la tiznada! -, dijo ella caminando hacia el árbol de tamarindo para cortar una vara.

- ¿¡DONDE ESTAN TUS TACOS!? - Le vuelve a preguntar.

- me los robaron, ¡PERO NO ME PEGUES MAMITA! -, dijo Moy desesperado y alejándose.

- JIJO DE TU PINCHE MADRE QUE PIENSAS QUE UNO ESTA CAGANDO EL DINERO, TENIAS QUE CUIDARLOS, NO CORRAS PORQUE SI CORRES PEOR TE VA A IR (mientras iba detrás de él aventándole piedra) AHORA TE VAS A PARTIR LA MADRE PARA COMPRARTE UNOS PORQUE YO NO, CUESTAN CARISIMO Y EL MUCHITO IRRESPONSABLE NOMAS QUE NO CUIDA, QUE VENGAS TE ESTOY DICIENDO -. Grito Celina corriendo detrás de él.

Después de correr, Celina lo alcanza de la playera, lo jala, lo encierra en su cuarto y le empieza a dar con la vara.

-A VER SI PA´ LA PROXIMA APRENDES A CUIDAR, YO TE LO DIJE MOISES MAGALLON SI PERDIAS ESOS ZAPATO TE IBA ACOSTAR UNA TUNDA (golpe) -. Finalizó Celina.

Moy se tiró a la cama a llorar, más que por el dolor de la golpiza, era el dolor de haber perdido sus tacos.

Ya casi eran las 4 de la tarde, se montó en su bici para ir a cascarear a la canchita y como fiel compañero de su vida, guiro.

-¡ahí viene Moy! - Dijo Pipo.

- pensamos que no venias -, agregó cheque.

- ¡te duele! - Dijo Rosita queriendo tocar su brazo.

- pues si - dijo Chavelita.

- Pero más me duelen mis tacos…vengan mejor vamos a echar la cascarita -, contesto él.

Consiguieron varas y con ellas hicieron las porterías, la pelota estaba vieja y ponchada pero con eso eran felices, Moy los acomodó, cheque por ser el más gordito en la portería y los demás en sus posiciones, comienza la reta,

- ¡Quien gane meter menos goles se invita los bolis o los diablitos ahí de doña Cleme! -, dijo Pipo.

-¡yastas! - Dijeron todos.

Se divertían juntos, era como que si todo lo que pasaba en casa desapareciera por un momento y solo eran ellos y la naturaleza girando alrededor de ellos.

-¡GANAMOS, GANAMOS!, mochense con los diablitos muchachos, lánzate Moy- dijo Rosita emocionada y zapateando.

-¿Cuánto traen? – preguntó Pipo.

Todos buscaron en sus bolsillos, enseñaron sus manos y juntaron para sus diablitos y bolis.

Después disfrutaron de sus dulces y le compartieron a guiro, cuando de repente…

- uuuuuuuuuuu, ¡ya se supo la conasupo, ya se supo la conasupo! - (frase que se usa regularmente cuando se descubre algo), Dijeron cantando Rosita, Pipo y Cheque. Moy y Chavelita se quedaron viendo uno al otro extrañamente.

- ¡Se gustan, se gustan, lero lero candilero! - Dijeron cantando otra vez los demás.

Moy no sabía que decir y Chavelita agacho la cabeza sonriendo.

- ¡ay si! El gol para mi Chavelita-, dijo Moy burlamente.

- ya no se hagan patos -, agrego Rosita.

- no sean cobardes, confiensen -, insistió cheque riendo.

-Deberas con ustedes nitos cállense la boca, ¡vamonos mejor! Porque a Chavelita se la van a garrotear si llega muy noche -, finalizó Moy.

-¿no que no? Ay si mi Chavelita - dijeron los demás burlándose.

Moy se fue pensando en Chavelita y ella en Moy, él soñaba con tomarle la mano y llevarla al mar, estar sentados en la arena y charlar mientras miraban un atardecer, verla sonreír era la cosa más hermosa que habia visto en todo el planeta.

Moy se dirigía hacia al cerrito donde siempre Chavelita persogaba a Pancho, y la vio, ahí estaba sentadita viendo al horizonte como siempre, soñando, con sus trenzas alrededor de su cabeza, su vestimenta vieja y sus pies descalzos, suspira y se acerca a ella cuidadosamente.

-Tu zapateado es el mejor, tu sonrisa y tus labios rojos son tu mejor atuendo y yo tu fan número 1-, dijo Moy tenuemente.

Ella voltea, le sonríe tímidamente y le invita asentarse, mientras pone su mano sobre la de él.

CAPITULO IX: EL HAMBRE TIENE PRECIO

Diciembre había llegado, la familia de Chavelita no acostumbraba las fiestas decembrinas, por lo tanto ella se propuso trabajar para llevar de comer a casa, se sentía capaz a pesar de su edad. Estaba harta de vivir en la miseria que cada vez que amanecía no hubiese nada en la mesa o que solo tenían que comer lo mismo, tortilla con sal y agua de chiguala.

Había acordado con Moy y los demás de ponerse a trabajar en lo que sea.

-Mama, me voy a poner a trabajar -, le dijo Chavelita a Cándida mientras despicaba cacahuate en el piso.

- pero de que vas a trabajar tu muchita, la gente ya sabes que necesita mozos pa limpiar sus siembras, quieren mano de hombre no chamacas como tú -, contesto su mama sin mirarla.

- además chavela si tu papa te ve trabajando se va a enojar mucho y nos va a chingar a las dos -, finalizó.

- Mama al rato vengo - dijo chavelita apurada.

- ¡PERO A DONDE VAS MUCHITA!... ¡pinche chamaca!-, exclamó su mama entre dientes.

Salió corriendo hacia la tienda de doña clemencia, la vio Moy y le gritó, pero ella siguió su camino y le hizo de señas que iba a la tienda.

Llegó a la tienda con sus trenzas despeinadas y descalza, miró con precaución a doña clemencia porque era impredecible su humor aunque al final era buena gente.

- Buenas tardes doña Clemencia-, dijo Chavelita con timidez.

- ¿¡ora chávela, que andas haciendo por aquí muchita? -, preguntó doña Clemencia con el ceño fruncido.

- vine hablar con usted es que quería ver si me daba trabajito barriendo su tienda, limpiando, lo que sea doñita, por favor - . agregó ella.

- Jajajjaja ¡Chavela, Chavela! Aquí no hay mucho trabajo muchita, ora que estaban los muchitos en la escuela necesitaba a alguien pa que me ayudara en la tienda -. contesto doña clemencia sin mirarla.

Le agradeció Chavelita y se retiró. Cuando doña Clemencia...

- ¡CHAVELA VEN PA'CA! -, grita doña Clemencia.

- bueno chamaca, te voy a ocupar pero solo pa' que me laves mi ropa, no es mucha, tampoco te voy a castigar, será tres veces por semana, poco los centavos pero algo es algo y nomas pa un rato-. Finalizó.

Le agradeció a doña clemencia, agradeció al cielo y se fue contenta a casa,

- ¡CHAVELITA! -, gritó Moy sentado desde su casa

- ¡ya tengo trabajo! - Le compartió Chavelita y los dos se abrazaron de felicidad cuando quedan frente a frente se miran y se rozan la mano.

- ¿y tú? -, preguntó Chavelita.

- pues iré a ver a mi tío, me comento mi mama que va a sembrar maíz y si es que si pues voy a juntar pa' mis tacos igual y le voy a decir a mi mama que me haga tamales pa vender, lo lograremos verdad de Dios - , contestó Moy con una sonrisa grande.

Cuando llega a casa Chavelita le platica a su mamá que doña Clemencia le había dado trabajo, que mañana era su primer día.

- ¡ay muchita burra! -. Candida respondió sin importancia.

Al día siguiente Chavelita estaba lista para ir a trabajar, salió de escondidas de su papá, llego a la tienda de doña clemencia y comenzó con sus actividades.

-¡Muchita si ya terminaste, anda pa tu casa! -, dijo doña Clemencia, sacando 50.00 pesos de su bolsa de nailon que tenía dentro de su brasier (es un modo de guardar el dinero en las rancherías, sobre todo los adultos o ancianos) y se los da.

Contenta con su dinero se dirigió a la tiendita para comprar huevos, chiles y tomate para que sus hermanos saciaran su hambre, se fue a casa muy contenta.

- ¡MAMA, MAMA TRAJE ALGO PA' COMER, DE LO QUE ME PAGO DOÑA CLEMENCIA! -, Dijo Chavelita muy emocionada, Cándida como queriendo y no, le acepto su bolsita de cosas.

Llegaba la tarde y Moy estaba listo para ir a cascarear...

- ¡MUCHITO JIJO DE LA RIATA! PA DONDE YA VAS, IRA TU JUAN, PA DONDE YA VA HOMBRE, ESE PINCHE CHAMACO! -, gritó su mamá mientras él salía como chispa con su bicicleta, juan era su padrastro y ni se mosqueo de lo que le había dicho Celina pues estaba desenredando la atarraya.

Llegó Moy al terreno, se percató que había inquilinos, pues eran Yoyo y los demás.

- ¡Que hacen estos aquí! - Dijo Rosita enfada.

- ¡nuestras porterías! - Exclamo Cheque al ver que las habían quitado.

- ¡QUE TIENEN ORA DEJEN NUESTRAS PORTERIAS, NO SEAN ASI CHAMACOS! - Grito Chavelita molesta y caminando hacia ellos.

- ¡AQUÍ ES NUESTRO LUGAR, VAYENSE! -, Grito también Rosita.

- Y SI NO QUEREMOS INDIA REFAJUDA, ADEMÁS ESTE LUGAR NO ES TUYO, ES DEL PUEBLO -, contestó Gaby.

-Vamos arreglar esto como gente, juguemos una reta y quien gane se queda con la canchita -, propuso Rosita.

-Jajajajajaja, canchita, ¿Cuál? No seas bemba Rosa, esto ya es nuestro de por si, mejor lleguenle a darle de comer a los cuches o tu Chavela a lavarle los calzones a doña Clemencia -, dijo burlamente Yoyo.

- ¡Que pinche coraje! Un dia si me lo voy a garrotear a ese pinche chamaco odioso-, dijo molesta Rosita.

-¡ muchitos y si vamos al mar! – propuso por otro lado cheque muy emocionado.

- Si mejor - dijeron todos con mucha alegria.

De repente le cae un piedrazo en la espalda a Pipo, se voltean todos.

¡UNA RETA! -, gritó Gaby. Ellos se regresan y empieza la partida.

Al principio parecía que todo iba bien, un juego limpio y maduro pero al paso del tiempo Yoyo comenzó con su juego sucio, siendo pesado y brusco, con toda la intención de acabar con el equipo de Moy y de quitarles el terreno, pisotones, empujones, jaloneos, de eso se trataba todo, el primer gol lo metió Moy y los dos últimos por Yoyo así que ellos ganaron y se quedaron con el terreno.

-Ni modo, hay que saber perder -, dijo Moy triste.

-cual perder, fue un cuche a cada rato queria tumbarnos -, agregó Rosita enojada.

- si es verdad-, dijeron los demás.

- ¡ay ya muchitos! Da purga con ese chamaco pero dejémoslo -, finalizó Chavelita.

- además la playa esta grandísima y podemos echarnos unos clavaditos-, agrego Cheque simpaticamente.

-¡EY ESCLAVO! ME PREOCUPA QUE EL AÑO QUE VIENE NO VAS A TENER TACOS PARA LOS TORNEOS JAJAJAJAJA -, gritó Yoyo.

Moy se quiso regresar para golpearlo y los demás lo detuvieron, Rosita era muy lista y algo le daba en su corazón que él tenía algo que ver con los tacos de Moy pero no lo expresó.

Se apresuraron para llegar a la playa, buscaron palos para su portería después comenzaron a jugar y al final se sentaron para hablar un poco, a Moy se le antojo ir al baño y le bromean sus amigos.

- ¡cuche, llévate un olote!- (hueso de la mazorca al desgranar), y todos echaron a reír.

-Oigan y si le hacemos cooperación cada uno de nosotros pa' comprarle los tacos a Moy, acabo todos estamos trabajando -, propuso Chavelita.

 -uuuuuuuuuuu, ¡ya se supo la conasupo, ya se supo la conasupo!, jajajajaja- dijeron todos al mismo tiempo.

-ya muchitos- dijo ella.

-Chavelita quiere a Moy, Chavelita quiere a Moy-, decían cantando.

-si lo quiero como a todos ustedes-, contestó ella.

 -¡NOP!- Dijo en voz alta Rosita.

- ya estuvo bueno si van a cooperar con la morraya o no-, dijo seria Chavelita.

-pus si- dijeron.

-entonces regresando de vacaciones antes de que empiecen los torneos se los regalamos chamacos-. Agregó ella.

-¡yastas Chavelita!... shshshhss cállense ahí viene, ahí viene -...contestaron todos.

24 y 31 de diciembre para Chavelita era sentarse afuera de su patio, mientras veía la constelación y atrás de ella la luz de su chocita que se alumbraba con su candil.

CAPITULO X: EL NEGRO ES ALEGRE PERO NO LO TIENTEN PORQUE SE LES APARECE EL CHAMUCO

Ya casi empezaban las clases y Moy estaba triste, el hecho de pensar que no iba a tener tacos este comienzo a clases era imperdonable porque significaba que se perdería de muchos torneos y con lo que le pagaban ayudando a su tío limpiando el sembradillo del maíz no era suficiente ya que también Celina le exigía que aportara algo de comida a la casa y al final el dinero de la venta de los tamales se los quedaba ella.

Se encontraba acostado en su cama triste, era su único refugio, salta de la cama para ver su cajita donde guardaba lo que era valioso para él, ahí tenía algo de dinero que era muy poco en realidad, sus tacos costaban 480.00 aproximadamente y aun le faltaba mucho para a completar, se sienta, se recarga a la pared y suspira, de repente ve el listón rojo de Chavelita que atesoraba de un día que se le cayó bailando y se dice: algún día serás mi novia, entra guiro a su habitación para consolarlo como que si el perro sintiera lo que estaba pasando con él.

-¡CHAVELITA!-, gritaba Rosita afuera de su choza.

- ¿Qué quieres muchita?- le pregunta Cándida enojada.

-buenas tardes doña Cándida, ¿se encuentra Chavelita? -, responde Rosita.

-no, está apersogando el burro – contestó.

- bueno, gracias doña Cándida – finalizó Rosita corriendo hacia donde Chavelita.

-¡CHAMACA VETE PA TU CASA NO LE ESTES QUITANDO EL TIEMPO A MIJA, QUE ELLA SI TIENE OFICIO NO COMO TU! - Le grito Cándida enojada.

Vio Chavelita que venía Rosita hacia ella y la abrazo.

-fui a buscarte a tu casa -, dijo Rosita.

- ¡pa que ora!, ¿no te vio mi papa?- pregunto ella preocupada.

- Naah, salio tu mama bien chompuda jeje pero bueno, eso no importa lo que quiero decirte es que ya casi a completamos para los tacos de Moy -. Exclamó Rosita, brincaron las dos de alegría y se abrazaron.

Llego Chavelita con pancho a su casa, entonces su mamá la jala de la trenza y le dice:

- ¡a que vino esa chamaca sin oficio a la casa Chavela, si tu papa la hubiera visto nos iba a chingar a las tres! -. Reclamó Candida.

- Pero no la vio mama, iralo esta ahogado de cerveza ni cuenta se dio -, contesto Chavelita.

- ¡irala nomas, hasta contestona resultaste, pero esas malas juntas son! - dijo Cándida, Chavelita respondió con una mirada serena.

Al otro dia Albino se levanta con cara de pocos amigos.

- ¡CANDIDA! ¡DONDE ESTA MI MEZCAL!...CANDIDA TE ESTOY HABLANDO -, gritó enfadado Albino.

- ¡tan temprano quieres mezcal Albino! -, contesta Candida desde el corredor dando de comer a sus pollos.

- ¡QUE TE VALGA, TE DIJE DONDE ESTA MI MEQUE! -, insistió él.

-no hay Albino, se acabó, ya parale a la bebedera te vas a morir de tanto tragar -, exclamó Candida.

- ¡QUE TE IMPORTA VIEJA REFAJUDA, DE ALGO NOS TENEMOS QUE MORIR Y SI MUERO DE BORRACHO PUES HASTA LA

MUERTE ME SABE! - contesto Albino yéndose a pegarle.

Entonces se mete Chavelita a defenderla pero...

- ¡A TI TE QUERIA VER, COMO'STA ESO QUE LE ANDAS LAVANDO LOS CALZONES A ESA VIEJA DE CLEMENCIA! -, reclamó Albino jalándole una trenza a su hija.

- ¡Pues si papa porque tu ni de comer traes a la casa y todos aquí tenemos hambre -, contesta Chavelita entre valor y miedo.

- ¡OTRA VEZ QUE ME DIGAN ESO, VOY Y TE TRAIGO ARRASTRANDO HASTA LA CASA PORQUE EL TRABAJO ES PA HOMBRES, LAS MUJERES DEBEN ESTAR EN LA CASA HECHANDO TORTILLAS Y CRIANDO MUCHITOS, ESCUCHASTE MUCHITA BURRA! – gritaba Albino Mientras le pegaba con el huarache.

En esta ocasión Chavelita se le queda viendo a su mama con mucho coraje porque ni siquiera trato de defenderla, se quedó parada viendo como le pegaba.

-¡Yo seguiré yendo a trabajar mama, escuchaste! – dijo Chavelita mientras lloraba y se fue con Pancho al rio a lavar, pensando: - ¡algún día tendré alas!-.

Llego inicio de clases, Moy y sus amigos se reunían en la entrada de la escuela, guiro ya se le notaba cansado pues ya era bastante viejo.

-Nito, veo triste a guiro- le dijo Rosita.

-¿Por qué?- pregunta Moy.

- ¡jelorepario! Es tu amigo y no lo ves -, respondió Rosita.

-¿enfermo?- pregunto nuevamente Moy.

Rosita alzo los hombros como dando entender tal vez.

-no bemba está cansado, ya tiene como 9 o 10 años con nosotros -, contesto Moy.

-Guiro quédate aquí no vayas a entrar-, finalizo él.

-Ahí vienen esos indios-, dijo Yoyo a sus amigos solo para molestar, mientras Moy se le quedo viendo sin bajar la mirada.

Moy no quería que pasara la materia de educación física, pues suponía que el maestro iba a decir algo al respecto de los encuentros deportivos y no estaba listo para escucharlo por el motivo de sus tacos.

Llega el receso y se forman todos para servir su comida.

- ojala el profe amarre partidos buenos esta vez, lástima que mi amigo Moy no podrá participar -, comentó Yoyo para molestar.

-no le hagas caso -, dice en voz baja Chavelita.

-De tu cuenta - contesta Rosita,

-¡cállate chachalaca! – responde Yoyo.

- a mi amiga no le vas a faltar al respeto - dice Moy acercándose a él.

- ¿a no? ¡chachalaca, chachalaca! - vuelve a decir Yoyo.

- o te calmas o te calmo yo -, lo reta Moy.

- jajajajaja a ver que me vas hacer gallina negra, mira mejor ten pa que te pongas más negro - dice yoyo mientras le tira encima los frijoles.

-¡A ver que está pasando ahí! - Dijo la prefecta.

-pues que mi amigo Moy se le cayó los frijoles encima, apoco no chamacos - contesto Yoyo.

-No es -… estaba a punto de decir Rosita que no era verdad pero Moy la jalo de la playera.

- si es verdad prefecta - concluyo.

- ¡lo repario Moy! Ese pinche chamaco no está bien de la choya y tú con tus cosas-, dijo Rosita enojada.

- Rosita cálmate - dijeron todos.

- si él decía algo a los dos los iban a expulsar y a Moy no le iba a ir también en su casa - agrego Chavelita.

- Porque a los dos si el que empezó fue la lagartija lisa (lagartija venenosa) -, - ya cálmate Rosita se te va a reventar la bilis -, dijo Pipo.

Mientras ellos platicaban, ¿recuerdan que hubo un joven a quien amenazó Yoyo con la mirada cuando lo del taco de Moy?, pues él estaba cerca…

- ¡tú que ves!... O también eres achichincle de Yoyo, si es así dile de mi parte que le voy a partir el hocico -. dijo Rosita enfada.

- perdón Atilio, está loca mi amiga, no le hagas caso – exclamó Chavelita.

- Rosita cálmate, Atilio es como la caca del perico ni huele ni jiede -, agregó cheque.

Atilio era el típico chico invisible, no se llevaba con nadie pero sabía lo que ocurría en la escuela, entonces cuando vio el numerito que hizo Yoyo a Moy en el receso quiso contarle lo del taco pero no se atrevió, le daba vueltas eso en la cabeza y quizá algún día se los iba a contar.

Ya era la hora de irse a casa, moy, cheque y Pipo se dirigían al taller de danza para ir por las chicas.

-¡ay si ahí viene mi novio por mí! El esclavo y la india, nada mal son iguales de feos -, exclamo Gaby burlamente.

- Pues si fíjate… a ti nadie te pela -, contesto Rosita.

-ay ya Rosita, vámonos corre -. Le apuro Chavelita calmándola y jalándola de la mano.

En las tardes como era de costumbre se reunían una vez más para cascarear, al finalizar se ponían a platicar y comer bolis.

- hoy dijo el profe de educación física que en dos semanas estaremos echando la reta con una escuela - comentó Pipo.

Moy al escuchar solo agacho la mirada.

-Si es cierto, y ya saben Yoyo como siempre con sus comentarios venenosos de Moy con sus tacos, así que en automático él está descalificado sin ellos -, agrego cheque.

— chingales -, dijo Rosita.

-¿Pudiste ahorrar? - Pregunto Chavelita a Moy.

-no, casi nada, mi mama exigía aportar en la casa y lo que vendía en tamales pues se lo quedaba ella, ya ni me da nada -, contestó Moy

-Bueno, ni modos negrito - dijeron todos mientras lo abrazaban. Lo que no sabía Moy es que le tenían una sorpresa.

- oigan chamacos, yo quiero decirles algo y es que me da en mi corazón que esa lagartija venenosa tiene algo que ver con lo del taco -, dijo por fin Rosita.

-¡ay Rosita, ya vas! - Exclamaron todos.

-pues ese pinche muchito es capaz de todo no dudo que él fue – continuo dciendo Rosita.

-Creo que lo que necesitas es una mojada - dijo Pipo y la empujo para que cayera al rio, entonces empezaron a nadar y a jugar todos.

Al dia siguiente en el salón de clases...

-Chamacos, alguien me da copia de la tarea de biología es que ayer fui a la leña con mi papa y ya no la hice - dijo cheque despreocupado.

- ¡pero si tú nunca la haces!- contesto Rosita burlándose de él.

De repente entra Moy al aula triste.

- ¿Qué tienes Moy? - Pregunto Chavelita tomándolo de la mano.

-guiro... guiro está mal -... respondió él triste

-¡ves te lo dije! -, dijo Rosita.

- pero dice mi mama que no está enfermo que es porque esta abuelito -, agregó Moy. Lo abrazan todos.

Por otro lado Atilio se le notaba inquieto en el salón, en el receso, en cualquier sitio de la escuela, tratando de acercarse a Moy y contarle lo que paso con su taco, era algo que le carcomía y quería sacarlo porque también no apoyaba el hecho de que Yoyo estuviese siempre encima de él.

-¡A ver todas las señoritas de danza que se presenten con el profesor que les da taller, las está esperando! Ustedes jóvenes debemos hablar sobre los próximos torneos - dijo el profesor de educación fisica.

A Moy no le gustó mucho la idea, Yoyo le pregunto al profesor con toda la intención de lastimar.

- ¡Apoco tan rápido amarró partido profe! -.

-asi es Edilio su primer partido será con la escuela Francisco y Madero, ya es en una semana, las horas que tenemos de clase las debemos de aprovechar a lo máximo para su excelente desempeño, asi como vamos, vamos muy bien, realmente son muy buenos en el juego pero la preparación debe ser constante porque si no aflojan, ¿alguna duda? O ¿alguien que ya no quiera estar en el equipo? Que hable ahora para que tengamos tiempo de buscar a alguien-, contesto el profesor -.

- Yo creo que si profe, hay alguien que quiere decir algo pienso que lo debe decir ahora es importante para el equipo -, dijo Yoyo viendo a Moy.

- ¿Moy? - Pregunto el profesor.

Moy se levanto de la butaca y contesto:

- pues no cuento con el uniforme completo, no tengo tacos -.

El profesor se agarró la cabeza y respondio:

- ¡eres pieza clave en este equipo Moy, que paso los perdiste, jóvenes recuerden por favor que la disciplina, la constancia y la responsabilidad son importantes, ¿Cómo es posible eso Moy?... Lo siento mucho, pero si no consigues unos tacos en esta semana no podrás jugar, así de sencillo, pide unos prestado o a ver que haces -.

Yoyo gozo mucho al escuchar eso y Atilio se le quedo viendo con mucho enojo.

Al salir Yoyo se le acerca a Moy y le dice:

- pensándolo bien, negro color de llanta, si puedes participar en el partido pero de pasa balones como el esclavo que eres jajaja -, rieron todos.

Atilio al ver tanta humillación, se acerca a Moy.

- necesito decirte algo -, dijo Atilio tímidamente.

Él alza la mirada como diciendo ya no puede haber peor cosa que lo que me acaban de decir.

- Yoyo fue el que agarro tu taco y lo tiro al monte, también me amenazo para que no dijera nada - finalizo Atilio con temor.

- ¡JIJO E SU REPUTISIMA MADRE!, Te prometo que no te hará daño -, contesto Moy mientras salia corriendo con tanta furia del salón.

pareciera que habían encendido la mecha a un torito de esos que hay en las fiestas patronales pues iba echando rayos, preguntándoles a los demás alumnos si habían visto a Edilio, cuando alguien le dice allá va… entonces llega a un metro de él y le grita con furia:

-¡EDILIO! -, vota sus libros, voltea a Edilio y le pone el primer golpe, se empiezan a golpear, por otro lado guiro siente que algo anda mal entonces comienza a gruñir y ladrar contra Yoyo le alcanza a morder el calcetín, Peluco y Chema tratan de espantar a guiro, Chavelita y Rosita escuchan la bulla de los demás y salen corriendo a ver que pasa, llega una alumna y le dice al profesor de danza que Edilio y Moy se estaban agarrando.

- ¡MOY DÉJALO YA! -, gritó Chavelita desesperadmente.

- HAGAN ALGO USTEDES POR FAVOR, PERO LES GUSTA EL CHISME Y LA SANGRE, LÁRGUENSE A SUS CASAS CORRE - dijo Rosita enojada.

Cheque y Pipo llegaron a lo último y trataron de agarrar a Moy.

- ¡GUIRO!, ¡AYUDENME CHAMACOS POR FAVOR! – grito Chavelita dirigiendose a cheque, pipo y Rosita para que le ayudaran a desapartar a guiro, vieron como peluco le alcanzo a dar una patada y Chema un piedrazo.

- ¡MALDECIDOS MUCHITOS!, VAYAN A VER SI YA PUSO LA MARRANA, SHUUU - dijo Rosita con tremendo palo a los que estaban viendo la pelea y no hacían nada. Hablaron con guiro lo jalaron como pudieron y lo abrazaron, entonces la prefecta se aparece y les ordena con una voz fuerte e insistente que se calmaran, después los manda a la dirección.

Los amigos de Moy se preguntaban que había pasado, cheque y pipo no se habían dado cuenta porque ellos habían ido a dejar los balones a la dirección.

Esperaron a Moy a que saliera de la dirección afuera de la escuela…

-¡que fue todo ese chilaquil! - Se adelantó Rosita a decir cuando vieron llegar a Moy.

- traes mole nito - dijo Pipo tocándole la boca.

- ya déjenlo hablar - ordeno Chavelita.

- tenía razón Rosita, Yoyo aventó mi taco al monte, quien me lo dijo fue Atilio él lo vió y lo amenazó pa que no dijera nada, después de saber eso pues me enchile y ya saben el relajo que se armó.

-Jijo de su reputisima madre – dijeron.

- ya estuvo bueno con ese chamaco pendejo - añadió Cheque.

- eso mismo dije, lo peor es que me expulsaron esta semana y en mi casa la que me espera - finalizo Moy.

- ¡ay, manito! - dijeron y lo abrazaron, después abrazaron a Guiro.

- ¿Te diste cuenta que te defendió? -, preguntó Chavelita.

- si jeje, pero no era necesario, gracias flaquito -, Moy respondió sonriendo.

- ¡le hubieras mordido el fundillo! -, finalizo Rosita, y todos rieron.

Se dirigieron todos a sus casas... Moy se le quedo viendo a su mamá cuando llegó, después vio a guiro y lo abrazo, su mamá busco un trapo para caldearle el ojo a Moy y le explicó lo que había ocurrido.

Hace tiempo notaban cansado a Guiro y cada día iba empeorando, la semana de Moy se ponía más dura pues se sumaba el dolor de la muerte de un ser muy valioso para él.

-¡MAMA, GUIRO! - gritó Moy llorando, le cerró sus ojitos y lo abrazó -.

-Muchas gracias por todos estos años juntos flaquito, mi amigo del alma, adiós -. Continuó diciendo.

Para ese momento quería que sus amigos estuvieran con él, así que los reunió a todos para enterrar a Guiro cerca del rio.

Ahí mismo le entregaron los tacos que le regalaron y solo dijo:

- les agradezco mucho amigos míos por esto, aunque nada de esto importa ahora, ni los tacos que perdí, ni la golpiza, ni el torneo al que no estaré, ni la expulsión, el perder a un ser y pensar que jamás lo vas a volver a ver eso si es realmente doloroso-, se abrazaron todos.

CAPITULO XI: BENDITO MAR

Ya era el último año de secundaria...

Se aproximaba el día del estudiante y los profesores hacían reunión para organizar algo como todos los años pero esta vez estaban pensando en algo más grande, por ejemplo contratar un Dj.

-Chamacos, vengan antes que llegue mi Chavelita -, dijo Moy.

- uuuuuuuu - dijeron echando carilla.

- bueno, estoy pensando en pedirle que sea mi novia y me gustaría que fuera en el mar -, agregó Moy.

- ¡que romántico! - Respondió Cheque,

- ¡pero si casi a ninguno de nosotros nos dejan salir y menos al mar, chamacos bembos! - Comentó Rosita.

- pues inventamos que es trabajo en equipo así como las veces que nos hemos escapado a cascarear - agregó Pipo.

- ujule y menos a Chavelita es capaz su papa de seguirla - insistía Rosita.

-lo pachito Rosita su papa llega siempre mezcaleado ni cuenta se da -, dijo Cheque.

Entra el asesor al salón…

-¡Jóvenes, atención! Ya es su último año en la secundaria y para cada uno de nosotros es una culminación pero también un avance académico que significa sacrificio, esfuerzo y todo lo demás que ya sabemos, el punto es que me gustaría que cada uno de ustedes tuviesen algo que recuerden con mucho cariño asi que haremos un cuaderno de recuerdo individual que consiste en escribirle a su compañero o amigo algún deseo o algún elogio que nazca de su corazón, ¿bonito no? - Dijo el asesor.

Como ya era de costumbre el receso era de echar la cascara entre compañeros, así que ellos se divertían y por ultimo descansar y platicar.

-¿Alguna vez han pensado en salirse de aquí y cumplir sus sueños? - Preguntó Chavelita.

- pues tanto así de salirse pus no, pero está bien pensar en eso -, contesto Rosita.

- ¡arajo Rosita! apoco no has soñado alguna vez en ser tan grande - agrego Moy.

- ¡ya somos grandes Moy ¿eh? Acuérdate lo que dijo la profe de formación -, dijo Rosita.

- bueno chamacos para empezar cuales son sueños – pregunto Chavelita.

- saber, todavía no lo tengo claro pero si me gusta el futbol -, respondió Cheque.

- ¿y a ti Pipo? - preguntó Chavelita…

- mmmm igual el futbol es chulo – respondió.

-nosotros ya sabemos que quieren ustedes casarse y tener muchos muchitos - dijo Rosita.

- ¡callate Rosita!- contestó Moy.

Chavelita sonrió tímidamente, se para, empieza a dar vueltas imaginándose que lleva una falda amplia.

-pus yo quiero presentarme en la Guelaguetza representando a mi región y que todo el mundo vea lo que quiere transmitir mi corazón -, agregó Chavelita.

Todos viéndola tan sonriente y contonearse, y Moy tan enamorado y emocionado por ella comenzó a chiflar.

-¡Ya bésense calenturientos!- gritó Yoyo desde donde estaba.

- ¿quieres otra madriza? - contestó Moy.

-ay ya chamacos, no empiecen - dijo Chavelita calmando.

- él le empieza nita - dice Rosita.

- como siempre la Rosa quiere ver sangre -, respondió Cheque.

- Oigan, parece que la fachosa de Gaby anda con el fiero de Yoyo -, comentó Rosita.

- ¿sera? - Agrego Cheque.

- pues no lo dudo ni tantito Rosita, son igualitos de odiosos, que se me hace que a Cheque le gusta Gaby uuuuuu, ¿y los elotes? - dijo Pipo.

- ¡LO REPARIO! ESTA BIEN FIERA -, finalizo Cheque y todos rieron.

En la hora de la salida Chavelita le pidió a Pipo que si su papá iba al pueblo que le comprara una libreta y que se la diera cuando fueran a cascarear al rio.

Iban caminando de regreso a casa muy feliz jugando cuando de repente ven una perrita en agonía y un cachorrito cerca de ella, se quedaron viendo unos a otros como preguntándose quien había hecho esto tan terrible, esperaron a que la perrita muriera y abrazaron al cachorrito,

- ¡no vamos a dejarlo aquí verdad! - Exclamo Rosita.

- pus no Rosita – contestaron.

-¿entonces?, si mi papa ve un perro en la casa se pondrá como loco y es capaz de envenenarlo - contesto Chavelita.

- ¿y si nos lo turnamos? Yo me lo llevo hoy mañana tu y asi los demás días ¿sale? -, propuso Moy.

- ¡ora pues! - Contestaron emocionados.

Iba pasando Gaby y Yoyo abrazados y que les grita:

- ¡NO SABIA QUE YA HABÍAN DOCTORES INDIOS POR AQUÍ, QUÍTENSE DE AHÍ METICHES QUE LOS ZOPILOTES COMEN MUERTOS Y NOS LOS VAYAN A CONFUNDIR, MAS A TI MOY POR TU PELLEJO! JAJAJAJ -.

-¡Moy, por favor calmate! - dijo Chavelita en voz baja tocándole el brazo.

- ¡Es que fastidia ese chamaco, me da ganas de refundirlo en ese espinero de carnizuelo! - Contesto Moy.

- ¡uuuuuuuu el cheque! Te brillan los ojitos por esa muchita ¿eh? Ya te vi - dijo burlamente Rosita.

-¿De que hablas Rosita? tas mal tu muchita luria - contesto Cheque, los demás echaron a rieron.

Moy iba muy contento con el perrito, llega a su casa le da un poco de agüita y lo empieza a bañar, mientras lo aseaba recordaba los momentos de guiro.

- ¡MUCHITO, OTRO PERRO, LUEGO ANDAS LLORIQUEANDO COMO NIÑA CUANDO SE PETATEAN! - Dijo en voz alta Celina.

- mama pero mi corazón siente como no voy a llorar - le contesto Moy y luego le conto como lo habían encontrado, se fue a su cuarto le arreglo una cajita con una playera vieja para que se acostara y le dió algo de comida.

Tomo su bici y se fue a la canchita del rio fue el primero en llegar, se sentó al lado de la tumba de Guiro, le dejo flor de paraguito que había cortado de su jardín.

- Te he extrañado tanto amigo, han pasado muchas cosas desde que te fuiste, te cuento que soy muy bueno en el futbol pues los chicatanas nuestro equipo vamos en el primer lugar de la tabla de posiciones y pues me sigue molestando Yoyo eso es siempre prrrr, ¡que crees! en poco tiempo Chavelita será mi novia estoy nervioso pero muy contento porque sé que también me quiere, el pedimento je será en la playa, me hubiese gustado mucho que estuvieses ahí en ese momento y que también conocieras el mar, te iba a poner loco, ¿sabes? tengo algo que contarte, hoy la banda y yo encontramos un cachorrito su mama estaba muriendo, decidimos turnarnos para no dejarlo ir, esta chulito… te extraño amigo mio -.

De repente van llegando Rosita, cheque y Pipo y ven aquel escenario se esconden detrás de una piedra.

- oigan y si fue Güiro quien envío ese perrito -, Dijo Pipo.

- tas chireto tu Pipo - contestó Cheque.

- ¡siiii! Yo digo que sí, Moy debería de quedárselo, además dice mi mama que cuando tratas bien a un perro y tu mueres ellos te ayudan a cruzar el rio espiritual para que vayas al cielo -, agregó Rosita.

Llegan y abrazan a Moy.

- ¿nito y si te quedas el Perrito? – pregunto Pipo…

-No pero…-

-pero nada no hay pex si te lo quieres quedar, nosotros felices- . Insistió Cheque.

- Bueno, muchas gracias amigos - contesto Moy abrazandolos.

-Antes de que llegue Chavelita pongámonos de acuerdo para ir al mar, estaba pensando en que le digas a tu tío Cheque que te preste su panga (tipo de lancha que usan para pescar en la laguna) para aprovechar y pescar algo yo le diré a mi padrastro que me preste su atarraya - dijo Moy.

-¡ya se! Yo haré una coronita de flor Maria Luisa que tengo en mi casa para que se la ponga a Chavelita en su cabeza -, agrego Rosita muy entusiasmada.

- gracias Rosita, esperaremos el atardecer eh chamacos -, finalizo Moy, porque ya venía Chavelita.

Empezaban a cascarear y cada que lo hacían Moy se imaginaba en las grandes ligas, cuando anotaba un gol su manera de festejar era mirando el cielo, se persignaba luego se ponía las manos atrás de la espalda para zapatear.

Cae la tarde, Chavelita iba por Pancho para llevárselo a casa después de ir a cascarear y se dirigió a su cama con su libreta para ir por sus lapiceros, se salió a la hamaca vieja y mientras hacia su portada como el asesor lo indico y su introducción (hola, este es mi cuaderno de recuerdo, te la comparto para que me escribas y cada vez que lo lea o pase el tiempo y lo vuelva a leer te recuerde con mucho cariño y nunca te olvide), se le ocurrió una idea, escribir en otra libreta lo que le sucedía en el día, entonces como vio que ya no le alcanzaba para comprarse otra libreta, de cada libreta vieja que tenía arranco 10 hojas que le sobraban por ahí, las recorto a la mitad, les hizo agujeros y con un listón rojo hizo su arillo, para su pasta arranco una de otra libreta, busco mariposas en sus libros viejos, fue por frutita de sasanil (árbol que da una fruta pequeña con un liquido pegajoso) para pegar las mariposas que había cortado en la pasta. Y esa misma noche empezó a escribir lo que vendría siendo su diario: Hola, sentada en una hamaca a la luz de las estrellas en mi casita, no no no puedo empezar asi pensó, tal vez, hola soy chavelita actualmente tengo 14 años... no, no tampoco, Hola soy Isabel pero me encanta que me digan Chavelita sobre todo Moy... no Moy no, bueno pues si pero no lo escribiría ahora será mas después... agarrando su libreta y llevándola hacia su pecho, se mecía mirando las estrellas y pensando en Moy...

- ¡CHAVELA! YA DUÉRMETE MUCHITA MAÑANA VAS A IR A LA ESCUELA CHAMACA, APAGA ESE CANDIL -, grito Candida desde su catre.

Al día siguiente en el receso...

- ¡Oigan muchitos! ¿Y si este fin de semana vamos a la playa? - Pregunto Moy.

- ¡yastas! -, contestaron.

- ahí viene Chavelita shshshs -. Finalizó Moy.

Rosita, Cheque y Pipo buscaban a Moy y a Chavelita para irse juntos a casa como de costumbre, después de tanto buscarlos por fin los encontraron, estaban en el árbol donde siempre solo que esta vez se sentía distinto...

- ¿los esperamos? - Pregunto Cheque.

- yo creo que no, dejemos que hablen y se vaigan cuando quieran - dijo Pipo.

- pues vámonos -. Agregó Rosita.

Mientras tanto Chavelita y Moy en el árbol, su corazón de él se salía, estaban callados, no sabía como invitarle ir al mar.

- ¿y si ya nos vamos?, es que mi mamá me va a regañar si no llego a la hora – dijo Chavelita levantándose.

- no, bueno, digo sí, es que quiero preguntarte algo – contestó Moy nervioso y apenado.

- que cosa Moy – respondio ella volteando a verlo fijamente con ingenuidad.

Él sentía que a su corazón le salían patas y las palabras se escondían, sus nervios lo traicionaban.

- Moy que cosa, dime o me voy porque mi mama me va a pegar - insiste Chavelita.

El silencio lo invadía, entonces chavelita toma sus libros se da la vuelta y dice:

- ya vámonos me cuentas en el camino -.

- Chavelita ¿Quieres ir a la playa conmigo? – dijo Moy por fin, esperando su respuesta nervioso, ella sonrío, voltea a verlo y le entrega el pedazo de tela que sostenía sus trenzas en la cabeza como diciendo confía en mí.

Llegaron a la cancha todos excepto Chavelita.

- ¡y ora que pasa con la Chavelita! - Dijo Rosita dirigiéndose a Moy sospechosa.

- ¡saber nita! Pues tal vez la asuste je – repondió él.

- ¿Por qué? – Preguntaron.

- porque la invite a la playa – contesto.

- ¡que guajes los tuyos! – exclamó Cheque.

-¡y que te respondió nito! -, dijo Pipo.

- pues nada, me dio lo que sostenía sus trenzas, un pedazo de tela -, comentó Moy.

- ¡uta mano! -, Contesto Pipo.

- no, no creo que Chavelita no quiera ir, estoy segura que solo está pensando las cosas ella es muy inteligente - lo animo Rosita.

- tranquilo nito ya verás que mañana tendrás una respuesta chulísima -. Finalizó Memelita.

En la escuela Moy y los demás se preguntaban que había sucedido con Chavelita, estaban preocupados porque no había ido a la escuela, en la clase Rosita hace un papelito y se lo avienta a Moy, le cae a este en la espalda y decía lo siguiente con faltas ortográficas: "chamacos bamos a ber a chavelita a su caza al rato n la zalida, pazazelo a loz demas". Cuando lo lanza hacia Pipo, Yoyo lo ve, enseguida ve a Gaby y con una mirada le indica que le diga al maestro:

- ¡profe, aquí se están aventando papelitos!-,

-¿Quiénes Gabriela?- preguntó el maestro.

- el grupito de Moy -, respondió Gaby.

- a ver ustedes 3 se me salen del salón los voy a mandar a prefectura, a ver que los van a poner hacer ahí -, ordeno el profesor.

Rosita salió encabronada y le enseño la lengua a Gaby, los demás disfrutaban del dolor ajeno, a Rosita la mandaron a lavar los baños y a los otros dos a limpiar con tarecua (herramienta de trabajo) el jardín.

Pasaron las horas y en la salida se dirigieron a la casa de Chavelita, llegaron y con mucha precaución se fueron acercando, se dieron cuenta que no había nadie, entonces abrieron la puerta que estaba entrecerrada había sangre, las camas destendidas, todo estaba desordenado, cuando escuchan que alguien se acercaba, por un agujero ve Pipo que era Albino, corren a esconderse detrás de la puerta, despacio saltan por la ventana, escuchan que Albino buscaba algo desesperadamente, ven como sale de su casa con un machete lleno de sarro estaba sobrio, ellos lo iban siguiendo sin que se diera cuenta, en el camino se encuentra a un señor y se percatan que le dan dinero a cambio del machete, iban siguiéndolo con gran incertidumbre...

- ¡muchitos ombre no podemos ir mas pa ya! -, comentó Rosita.

- ¡pero a donde va! - Dijo Pipo.

- saber - respondió Cheque.

- debemos regresarnos a nuestras casas chamacos, pero a la voz de ya -, insistió Rosita.

- ¡ira Pancho! -, Grito Moy.

Se acercaron al señor y le preguntaron que hacía él con el burro, el señor les explico y no estaban muy seguros de sus deducciones.

- debemos esperar que paso con Chavelita, tu no comas ansias nito -, finalizo Rosita.

Albino vendió su machete viejo que tenía para poder ir con doña María e ir a traer a su familia y pedirles perdón, así que se dirigió al pueblo que quedaba como a una hora aproximadamente. Cuando llego fue a la conasupo (tienda comunitaria) para comprar dulces y llevárselo a sus hijos...

Chavelita se sentía feliz pero observaba que Cándida toda maltratada, mal comida, golpeada de un ojo no se sentía a gusto, ella suponía que tal vez le gustaba la vida que tenía con su papá, que quizá había sido un error el haberle dicho a su mamá que se fueran de su casa, aunque por el otro lado veía a sus hermanitos felices no faltaba alguno que de repente preguntara por su papá.

-¡Papa! - Grito Silvano con alegría cuando vio a su papá acercarse a la casa de doña María dándole un abrazo.

- ¡Mijo te traje esto!, ¿y tú mama?- Preguntó Albino mientras le da los dulces que había comprado.

Silvano solo señaló. Mientras tanto Chavelita cuando escucho eso fue a ver corriendo para asegurarse de que se trataba de su papá y después fue con su mamá para contarle, pero Albino ya estaba con ella rogándole que regresara a la casa, Chavelita estaba escondida atrás del pretil viéndolos sentía que el corazón agarraba carrera y rogaba a Dios que su mamá no se convenciera.

- ¡mija ven!, ¡mija dígale a su mama que se regrese a la casa, ya no vuelvo pues… a pegarle, ya ve que soy bruto y que el mezcal me pone asi pero ya no lo vuelvo hacer, verdad de Dios, por esta que no mija -, dijo Albino cuando descubrió que estaba ahí.

Chavelita solo se le quedo viendo a su mamá y seguia rogando a Dios que Cándida no cediera…

- ¡mija traete tus cosas y dile a tus hermanos que metan su ropa en las petacas pa que nos regresemos con su papa! -, dijo Candida a Chavelita. Ella triste hizo lo que su mamá dijo.

Llegaron a su casa, vieron a Pancho comiéndose el maíz pues había tirado el costal y los pollos estaban de fiesta.

-¡Panchoooo!, ¡Qué hiciste Panchito, quítate! seguro has de tener mucha sed -. Gritó Chavelita angustiada por su burro más que por el maíz.

Ella después de darle agua a Pancho, tomó su diario se fue a sentar a donde miraba el horizonte preguntándose si algún dia la pesadilla se acabaría, si algún dia iba a triunfar como había soñado una y mil veces, el bolígrafo en los momentos de soledad y obscuros empezó a ser su mejor aliado para expresar lo que no podía. "En la obscuridad de mi lugar montes escribo a la naturaleza para ver quien me escucha, no hay una sola noche que no sueñe, que imagine lo divino que puede ser mi otra vida, mi otro mundo, mi otra Chavelita, si a si me llamo, Chavelita y ahora me encuentro abatida sin entender lo que los gigantes hacen"... ella empezó a escribir, decía que le escribía a la naturaleza era la única que presenciaba lo que pasaba en su interior y en su entorno.

Al día siguiente Chavelita se alistó para ir a la escuela era la primera vez que llegaba tarde, se fue corriendo...

- buenos días profe, ¿puedo pasar? – Preguntó.

-Chavelita - dijo en voz baja Rosita mirando a Moy.

- no estaba muerta andaba de parranda-, exclamo Yoyo desde su trinchera para molestar.

- ¡guarde silencio por favor, Yoyo -, exclamó el profesor.

-No señorita Isabel, vaya a prefectura allá le dirán que hacer -, contestó el profe.

Rosita se le quedo viendo brava a Yoyo y le enseñó la lengua porque se burlaba de lo sucedido.

En la hora del receso estaban formados para tomar sus alimentos.

- ¡Chavelita! ¿Por qué no viniste ayer manita?, te fuimos a buscar a tu casa, estábamos con el santo cristo en la boca -, preguntó Rosita abrazandola. Entonces Chavelita conto todo lo que había pasado Y...

- ¡nada a mí no me engañan, está ya no quiere venir porque ya salió con su domingo 7, ya ven que las chamacas de ahora son bien calenturientas, por ejemplo Lupe y Virginia, que de Virgenes no tienen nada! Jajaja – dijo Yoyo.

- y seguro el flamante papa es el esclavo, el negro sucio ese -, agrego Gaby.

- ¡Y A TI QUIEN TE ESTA PREGUNTANDO LICHAAA! – gritó Rosita y le escupe en su comida...

- ¡ROSITA! -, exclama en voz alta Chavelita jalándola de la blusa.

- ¡PERO QUE HICISTE INDIA APESTOSA! - gritó Gaby.

- ¡APESTOSO TU SOBACO! – se defendió Rosita queriéndola jalar del cabello.

- ¡YAAAAAA, DEJENSE DE COSAS MUCHITAS!, ¡ya Rosita te van a expulsar veras bemba y en tu casa te van a garrotear! -, exclamó Chavelita poniéndose en medio.

- ¡no me toques india refajuda, pero me las vas a pagar Rosa fierosa (fea) , hasta dientes te van hacer falta- , contesto Gaby queriendo golpearla.

- ¡ORA PUES A COMO VA, A VER DE CUANTO NOS TOCA, SI QUIERES EN LA SALIDA, VIEJA BEMBA! - gritó Rosita mientras los demás la jalaban.

-Ay nita te sientes la mera verdolaga tu, calmate por favor -, dijo Moy.

- ¡QUE MOY! YO NO ME VOY A DEJAR DE ESA CHAMACA PENDEJA! -, insistia con molestia Rosita.

- Ya pues - dijo Cheque.

- ¡IRA CHEQUE MEJOR CALLATE PORQUE A TI TAMBIEN TE VA A TOCAR, ADEMAS A TI

TE GUSTA ESA VIEJA MATLACIHUA! – contesto Rosita.

Chavelita le hizo de señas a los chicos que se alejaran mientras ella tranquilizaba a Rosita.

Por otro lado...

- ¿creen que Chavelita me responda a la invitación? Yo creo que se le olvidó nitos -, expreso Moy con preocupación.

- no creo nito, ella no es así, no te desesperes perez ya verás que al rato o mañana te dice, aguántala porque no ves lo que le paso -, contesto Pipo.

Estaban en clases de danza... cuando el profesor les motiva:

- ¡Jóvenes! Son muy buenos en esto, lo disfrutan mucho y es muy importante, ojala alguno de ustedes se lo tomen muy enserio y los vea un día a través de la pantalla o en el cerro del Fortín en una GUELAGUETZA! -.

Chavelita le toma la mano a Rosita y la mira con una gran sonrisa.

- SI PROFE, COMO MI MANITA CHAVELITA QUE SU SUEÑO ES ESTAR AHÍ EN LA ALEGRIA Y LO VA A LOGRAR, VERDA DE DIOS! - Dijo Rosita con mucha alegría.

- ¿enserio Isabel?- preguntó el profe.

- ¡si profe, ese es mi sueño! – contesto Chavelita.

- ¡Qué bien, felicidades! Ya verás que lo lograras, eres excelente zapateando y serás una gran representante de la región costa oaxaqueña! - Agrego el profesor.

- muchas gracias profe -, contestó Chavelita con una sonrisa de oreja a oreja.

Gaby se burlaba y al mismo tiempo envidiaba lo que había escuchado.

- ¡tu que! -. Dijo Rosita en voz baja, viendo a Gaby.

Ya era casi la hora de la salida y chavelita escribió en un papel: Si, si quiero ir a la playa contigo ☺, le dio el papel a Rosita para que se lo entregara a Moy. Él había ido a entrenar con su equipo los Chicatanas estaba limpiándose el sudor cuando recibe el papel y expresa.

- ¡me dijo que si chamacos! -.

- a ya ves manito - le contestaron los tres.

- ¡Cuerdas me dijo que si, la Chavelita me dijo que si! - dijo Moy a su perro.

- ¡qué cosa dice tu muchito, Corre ayúdele a su papa a quitarle los nudos a la atarraya! -, expreso Celina.

Llegó el día y Moy estaba nervioso, sentía que no pisaba el suelo.

- ¡MOY, YA ESTAMOS AFUERA NITO! - Gritó cheque y pipo.

Entonces sale Cuerdas a recibirlos y detrás de él doña Celina.

- Doña Celina buenas tardes -, saludaron mientras acariciaban a Cuerdas.

- ¡buena tarde muchachito, con cuidao con el mar! – contesto ella.

- si doña Celina, don gorry dijera el gringo - dijo Pipo

- ah pero no eres tan asno te esta sirviendo el inglich - expresó Cheque burlamente.

¿Cómo estas Garrobero? ¡vas a conocer el mar, Te va a gustar -. Finalizo Moy.

Ellos se adelantaron en sus bicis…

- ¿y esa baica? - pregunto Moy.

- Es de mi tío se la pedí prestada-, respondió Pipo.

- ¡Que, mentira de la vieja Maria, ya mero que tu vas a pedir prestado algo, tu garrotiza te van a dar! - Dijo Cheque-.

- la vi mal puesta y me la traje - jeje finalizó Pipo.

Se montaron en sus bicis, cheque iba en los diablitos de Moy y Cuerdas atrás de ellos, llevaban la atarraya, una caña de pescar, una cubeta y un bule lleno de agua para beber.

Rosita fue por Chavelita a su casa.

- ¡mamá ya me voy! - dijo Chavelita a Candida mientras salía corriendo hacia donde Rosita.

- ¡REGRESAS ANTES DE QUE LLEGUE TU PAPA CHAVELA! - grito.

-¿Y esa bici Rosita? - preguntó Chavelita.

- tu móntate ombre no preguntes nita – respondió. Iban muy contentas, Chavelita llevaba un bule de agua y Rosita una chicalmata y jícara (la jjicara es de morro, el morro es un árbol que da frutos grandes).

-¡Ahí vienen las chamacas! - Dijo Pipo. Se abrazaron, Chavelita y Moy se les notaba nerviosos pero contentos.

Primero se dirigieron a la laguna y acomodaron la panga (tipo de canoa) para navegar por la laguna, mientras iban tiraban la caña de pescar y lo primero que pescaron fue un popoyote, el popoyote lo iban a usar de carnada para después lanzar la caña al mar, se divertían, se reían, se hacían bromas, mediante el recorrido, veían aves, lagartos, peces, etc... y lo que iban pescando lo metían en la cubeta, de repente Moy y Chavelita no dejaban de verse. Regresaron a la playa y se fueron al mar, corrieron a meterse y a echarse agua, se empujaban, desafiaban las olas, jugaban, a Cuerdas aun le daba temor pero poco a poco empezó a confiar en el profundo y hermoso mar.

-¡CHIQUILIQUES! - Gritó Pipo emocionado.

- ¡uuuuuuujuuuuu! Atrapemos muchos - dijo Cheque.

Se reían porque o eres más astutos que ellos o se te escapan.

- ¡SIIIII y se los llevas a Gaby jajajaja! - Contesto Rosita.

- déjalo en paz -, expresó Chavelita defendiéndolo y abrazandolo.

- si deja en paz a la memela (comida típica oaxaqueña hecha de masa parecido a una tortilla pero pequeña y gruesa) -, agrego Pipo.

- ¡ira veras! - Contestó Cheque. Todos rieron y lo abrazaron.

- ¡te queremos manito! -, dijeron.

Chavelita y Rosita se sentaron mientras observaban como escarbaba un zaramullo (cangrejo playero) su agujero.

- ¡ya viste Rosita! mira como lleva en sus magayas arenita - dijo Chavelita.

- ¡Mira Chavelita un ermitaño! - expresó Rosita al verlo.

- ¡Qué bonito! - contesto ella.

Ya casi se acercaba la puesta de sol, Rosita distraía a Chavelita, Moy por otro lado escribía en la arena, ¿QUIERES SER MI NOVIA? Con la ayuda de sus amigos.

Rosita recibió la señal de listo, entonces:

- Chavelita vas a hacer lo que yo te diga nita, sin ni una pregunta, ¿sale? -, dijo Rosita viendo a Chavelita fijamente.

Ella se le quedo viendo extraña, saco su mascada, con ella le tapo los ojos y le coloco en la cabeza la corona que le había hecho con las flores María Luisa, la llevo hasta donde los demás y una vez llegando dijo: - solo confía nita -.

- ¡Rosita, que esta pasando! -. Contesto.

Rosita y los demás se alejaron unos metros, solo se veía la silueta de dos enamorados ya que el sol se iba metiendo, Moy la tomo de las manos.

- no tengas miedo, yo estoy aquí contigo -, dijo él.

Había un silencio, un silencio ruidoso que gritaba el amor de los dos, acompañados de la música del mar y el viento, el repliegue de las olas.

- Chavelita, ¡eres la mujer mas bonita del mundo!, ¿lo sabias? El mar se queda corto al lado tuyo, eres esa persona por la que estoy loco y daría todo, eres ese lucero que me alumbra por las mañanas, eres ese árbol tan fuerte y hermoso, eres esa metamorfosis de mariposa, eres todo eso que se llama vida, mi vida… contigo quiero estar hoy, mañana y siempre, me gustas mucho Chavelita, mucho -, finalizó Moy.

Chavelita sonreía y le sostenía sus manos con fuerza y nervios. Luego Moy la gira suavemente y le quita la mascada, ella lee lo que había escrito en la arena, se voltea buscando un palo, lo encuentra y escribe SI. Se abrazan, Moy le da un beso en la frente y entonces llegan los otros a festejar…

-¡Ya vámonos!, ya es tarde tortolos - dijo Rosita.

Tomaron sus bicicletas y pedalearon con fuerza, Moy llego alucinado a su casa, brincando de alegría, agarrando a su perrito bailando.

- es mi novia Cuerdas, Chavelita es mi novia -.

Chavelita entra en cuclillas, Cándida escuchando una estación en su radio viejo de pila, acostada y su candil encendido.

- ¡CHAVELA, QUE HORAS SON ESTAS DE LLEGAR, YA TE MANDAS SOLA O QUE! -.

- apenas terminamos mama, me voy a bañar -, contesto chavelita como ignorandola.

Después se fue a su cama, saco su diario debajo de sus cobijas y se puso a escribir… soy Chavelita una vez mas y hoy fue un día muy especial, bueno más especial, me siento más feliz que ayer porque Moy, mi querido Moy me pidió que fuera su novia y lo hizo escrito en la arena, fue tan bonito…

- ¡YA DUERMETE CHAMACA, APAGA ESE CANDIL! -, gritó Cándida.

- ya voy mamá - contesto Chavelita.

CAPITULO XII: IGUANA VERDE

En la entrada, Moy estaba esperando a su novia con una flor de amor de un rato (asi se llama la planta) que había cortado del jardín de su mamá, ya la había visto desde lo lejos con su caminar firme y apresurado, sus zapatos viejos, sus libros bajo el brazo y su falda regional roja en la otra, se miran con ese amor tan profundo, quedan tan cerca que no hacían falta las palabras, Moy la abraza y le coloca la flor a un costado de su cabeza.

-¡VIVAN LOS NOVIOS! - Dijo en voz alta Rosita cuando llegaba.

- ¡muchitos ya vamos a entrar! - interrumpió Pipo.

- ¡jelorepario con ustedes! - Agrego Cheque.

- Shshshhss mas discreción chamacos, por su papa-, dijo Moy.

-De cualquier forma se va a tener que enterar-, contesto Chavelita.

- ¡eso manita, asi se habla y cuando eso pase tienes que defender tu amor eh! - Finalizo Rosita.

Todos entraron a clases Yoyo y Gaby que casi nunca les quitaban el ojo de encima se percataron que Chavelita traía una flor pues ese dia en la playa cuando Moy le pidió que fuera su novia ellos también estaban ahí pero no se dieron cuenta.

Estaban en sus clases de Danza y…

- ¿Cuándo es el entrego Chavela? Digo pa ir de testigo -, dijo en voz alta Gaby.

- Por si no lo sabias ahí van puros familiares, tu no cuentas -, contesto Chavelita.

- ¡asi que eres novia de ese esclavo, pues hacen bonita pareja eh, que no se pierda la costumbre de lo corriente que son! - siguió Amalia.

- ¡Que, te arde el fundillo, tráiganle agua a esta porque se esta quemando! -. Como siempre Rosita defendiéndola.

- ¡chicos ya en posición, disculpen la tardanza! -, entro el profesor.

-Ya me imagino como le va a ir a esa india apestosa cuando sepa su papa del novio, la va a casar a la fuerza -, dijo en voz baja Gaby a Amalia.

Este último año en la secundaria fue de concursos y eventos deportivos, el grupo de danza era muy participativo no se perdía ninguna invitación interescolar y el equipo de futbol "los chicatanas" ni se diga se posicionaban en el primer lugar siempre del tablero y se traían el campeonato.

Ya faltaba poco para finalizar el ciclo escolar, el romance de Moy y chavelita era inquebrantable, lo disfrutaban mucho con sus amigos o sin ellos, salían al rio, iban a la playa, andaban en bici, subían el cerro, montaban a Pancho, corrian, jugaban, comían juntos en la escuela, celebraban los logros cuando terminaban los eventos deportivos y de danza con un raspado o con una paleta de hielo. Claro no tenía que faltar la mala vibra de Yoyo y su grupito, viéndolos con envidia o haciendo comentario tontos, por otro lado Cheque empezaba a sentir algo por Gaby pero no tenía los suficientes pantalones para decírselo a sus amigos y tampoco creía que ella le iba hacer caso.

Una tarde estaban ellos cascareando como siempre cuando de repente ven salir a un perro de los huizaches (arboles) con una iguana en el hocico pero al verlos el perro se asustó y soltó la iguana, ellos se acercaron y estaba herida de una patita y de la panza, Chavelita la tomo con cuidado, sosteniéndola del hocico para que no la mordiera y se quedó pensando, Cheque fue por un bejuco para amarrarle el hocico y evitar alguna mordida.

- ¡Tenemos que ayudarla, no podemos dejarla ir así nomás, me la llevare a mi casa, la voy a curar y una vez que este mejor le preguntaremos al profe de biología donde esta el iguanario que nos comentó la clase pasada para que la llevemos ahí! - dijo Chavelita.

- ¡yastas chavelita! - contestaron mientras Moy la abrazaba.

Chavelita se la llevo a su casa, le vio sus heridas pero ella sabía que no podía hacer mucho al respecto, busco un guacal para encerrarla y no huyera.

Al día siguiente en la clase de biología le preguntaron al profesor donde quedaba el iguanario y le contaron lo que había pasado.

Le suplicaron al profesor que él los llevara porque sino no los iban a dejar pasar sin un adulto.

-¿Qué vamos a decir? - Pregunto Pipo.

-pues que nos vamos a quedar hacer tarea y ya, no creo que nos tardemos mucho, no sean collones chamacos -. Dijo Rosita.

- Vamos pues - finalizo Chavelita.

- Eso, así se dice mi manita - celebro Rosita.

Llego el día y saliendo de la escuela tomaron el micro y se fueron bien felices con su iguana en una cajita, llegaron al iguanario y al entrar era una fiesta de iguanas gigantes quienes los recibieron, al principio se asustaron pero el guía les explico que eran indefensa, Rosita como era la más hablantina se adelantó y dijo que estaban ahí porque querían ayudar a Luchita la iguana, pues así le habían puesto.

El guía la vió y los felicitó porque se interesaron en llevarla, el siguiente paso es que un veterinario del lugar la viera y la curara, después les mostro el lugar explicándoles el ciclo de vida de las iguanas, también tenían tortugas terrestres, cocodrilos y una que otra víbora.

Regresaron muy contentos a sus casas pero a Chavelita la esperaba su mamá con una vara.

-¡BUENO CHAVELA YA TE ESTAS PASANDO DE LISTA!, ¡AH Y OTRA COSA QUE PIENSES QUE YO SOY BEMBA YA ME ENTERE QUE ANDAS DE NOVIA CON ESE TAL MOY, SI TU PAPA LLEGA A SABER ESO TE VA A IR PIOR! -, gritó Cándida mientras le pegaba con una vara.

- ¡NO ES MI NOVIO LA GENTE INVENTA COSAS MAMA! -, contesto llorando. Se fue a su cama y de escondidas saco su diario para escribir y le agarro el sueño.

Al siguiente día en la hora del receso debajo de aquel arbolito donde siempre se reunían después de comer ellos platicaban.

- ¡por lo que miro a todos se los garrotearon menos a mí! – comento Moy.

- mmm juu- dijo Rosita sin importarle mucho.

- a mi me dieron mas duro porque mi mama se entero que Moy y yo somos novios-, contesto Chavelita.

- pinche gente habladora - dijo Cheque.

- pues de algún modo se iban a tener que enterar memelita y ni modos -, finalizó Chavelita.

Cuando iban entrando al aula el director estaba ahí y les informó que el día de la clausura no solo iba a ver un evento social y cultural sino al finalizar una noche de baile que habían contratado un Dj local, todos los alumnos se emocionaron.

- ¡aguelita mi café! ¡Vaya hasta que hacen algo de provecho! -. Exclamo Yoyo entres dientes.

La nostalgia iba aumentando conforme llegaba el fin de curso, algunos ya tenían claro donde iban a estudiar, otros aun no por el detalle económico y tenían que aventarse un año sabático para ponerse a trabajar, ahorrar dinero y en un año seguir estudiando.

-Y bueno chamacos, tenemos que seguir juntos ¿eeeehhh? – expreso Pipo.

- Es lo que nos ha mantenido fuertes hasta hoy - agrego Moy.

- Si es cierto chamacos, debemos de seguir unidos - contesto Rosita.

Se tomaron de las manos y después se abrazaron.

Chavelita iba llegando a su casa pero no le esperaba algo bueno, desde lejos vio que su papá tenía una vara y quiso esconderse pero…

- ¡CHAVELA VEN PA CA! CON QUE YA TE COME POR AJUNTARTE! ME DIJERON QUE TE VIERON DE LA MANO CON ESE NEGRO FIERO, YO NO TE MANDO A LA ESCUELA PA ESO CHAMACA PENDEJA, SI YA TE QUIERES AJUNTAR HOY MISMITO VAMOS HABLAR CON LOS PAPAS DE ESE PINCHE CHAMACO CALENTURIENTO! SEGURO QUE YA TE HIZO LA GROSERIA, HASTA PREÑADA YA ESTAS CREO Y LO ESTAS OCULTANDO! DESDE MAÑANA NO VAS A LA ESCUELA, YO TE LO DIJE CHAVELA, TE LO DIJE! O DIME YA ESTAS PREÑADA PA QUE SE HAGA LA PEDIDA DE MANO -, gritó su papa mientras le pegaba y la jalaba del brazo hacia el camino para ir a la casa de Moy.

- NO PAPA, NO ANDO DE NOVIA CON MOY, LA GENTE DICE COSAS PERO NO ME SAQUES DE LA ESCUELA PAPA, POR FAVOR, PAPACITO -, contestó Chavelita arrodillada.

- ¡NO CHAVELA, TU TE LO BUSCASTE YO TE LO DIJE QUE CON CUIDADO SALIAS CON TUS PENDEJADAS, EN MIS TIEMPOS ASI ERA, CHAMACA QUE TE GUSTABA, CHAMACA CON LA QUE TE AJUNTABAS LUEGUITO Y ASI VA HACER AHORA CONTIGO -, insistia Albino.

- PAPA, NO PAPA ,NO QUIERO CASARME, NO ESTOY PREÑADA Y NO TENGO NOVIO, SUELTAME, MAMA AYUDAME, PAPA, PAPA, ESTA BIEN PAPA NO VOY A LA ESCUELA PERO NO QUIERO JUNTARME -, suplicaba Chavelita.

- ¡ALBINO YA DEJALA, POR FAVOR, ESTA DICIENDO LA VERDAD! -, grito Candida con una piedra en la mano escondida detrás.

- CALLATE CANDIDA QUE A TI TAMBIEN TE VA A IR MAL, ALCAHUETA ERES DE ESTA CALENTURIENTA -, gritó Albino.

- ¡PAPA, POR FAVOR NO QUIERO JUNTARME SI QUIERES LLEVAME AHÍ DE DOÑA TULA

PARA QUE ELLA TE DIGA SI ESTOY PREÑADA O NO, PAPACITO! -, insistia Chavelita.

- ¡ALBINO TIENE RAZON CHAVELA, LLEVEMOSLA AHÍ DE TULA, YA DEJALA!-, intentaba Cándida defenderla.

Entonces Albino la suelta, Chavelita cae, se levanta, corre, mira a su mamá con mucho coraje, llega donde Pancho, se monta en él y se va a su sitio favorito.

Ella lloraba sin parar, no podía contenerse, era como si estaba peleada con la vida por primera vez, se sentía destrozada, se sentía realmente mal, hablaba con Pancho.

- ¡esto nunca se va acabar verdad, Pancho, nunca! -, gritaba a la nada llorando y aventaba piedras como si el viento sintiera cada golpe.

Pasaron los días y Chavelita no iba a la escuela, no iba a cascarear, evitaba ver a sus amigos, los maestros se preguntaban porque no iba, sobre todo el de danza porque ella iba a estar en el cuadro de baile en la clausura y no a completaban, asi que fue el director y el maestro hablar con sus padres pero se negaron sobre todo Albino, no pudieron convencerlo porque se puso renuente y necio, mientras Chavelita estaba escuchando desde un lugarcito escondida y llorando.

Rosita, Moy, cheque y pipo, le preguntaron al profesor que estaba pasando con ella y él dijo que nada grave pero tampoco lograron una plática buena, que en realidad no saben nada, solo que ella dejara de venir a la escuela y que no se va a presentar a la clausura, que debían buscar a otra niña para cubrirla.

Eran los últimos días realmente a ella no le iba afectar mucho pero si estaba triste por no despedirse y convivir los dos últimos días con sus amigos y novio.

-¡Chavelita!, qué bueno que te vemos -, ellos dijeron, corrieron a abrazarla cuando la vieron en el rio.

- ¿Por qué no habías venido? Te extrañaba… mos -. Dijo Moy dándole un beso en la frente.

Chavelita les conto lo que había pasado, la abrazaron de nuevo.

- ¡Nos vas hacer mucha falta Mañana en la clausura -. Continuaron diciendo.

- no se preocupen ustedes diviértanse y háganlo por mí, prométanmelo, nos veremos muy pronto ya verán -. Respondió ella con nostalgia.

- ¡vamos echar el bailongo por ti manita! - agregó Cheque.

- si memelita -, dijo Chavelita riendo y abrazándolo. Se pusieron a cascarear y después un chapuzón en el rio como siempre.

Llego el día de la clausura, había alegría, tristeza, disgustos, etc. por parte de los profesores pero sobre todo de los alumnos que ese día egresaban, el acto cívico se hizo presente pero Chavelita ausente y aunque Moy quería hacerse el fuerte era inevitable sentirse triste.

- extraño verla zapatear y disfrutar como de costumbre – expresó con nostalgia. Pues era su pareja de danza, su pensamiento estaba en ella, sus amigos trataban de animarlo.

- ¡y tu princesa de huarache y trenza jajaja! -, dijo Yoyo.

- ¡apoco ya la empreñaste! -, comentó Gaby.

- uuuuuuuuuuu tan poquito les duro el gusto-, dijo Chema.

Moy no tenía ganas de pelear solo los volteo a ver y se alejó. Las luces del Dj empezó y…

- ¡1, 2, 3, probando, probando, les invitamos jóvenes egresados que rompan este baile viniendo al centro -, dijo el Dj con el micrófono y sus bocinas viejas.

Yoyo y sus amigos fueron los primeros en salir a bailar, mientras que Moy y sus amigos estaban sentados hasta que…

- ¡oigan vamos a echar el bailongo, hagámoslo por Chavelita, Moy ándale, Memelita, Pipo, ya hombre no sean aguados! -, Dijo Rosita tratando de animarlo, jalo a Moy al centro y empezaron a bailar.

Nunca falta el profe borracho, Rosita se dio cuenta que ese profe les invito cocol al grupito de Yoyo y él desde su lugar levanto su copita y dijo Salud por Chavela, Rosita se encarrero para buscar pleito y Moy la jalo diciéndole que no le hiciera caso.

Mientras tanto Chavelita desde la obscuridad de la naturaleza y la luz de su candil, se mecía en su hamaca viendo la constelación.

CAPITULO XIII: CHUNDA LUNAR

-¡Cuerdas, quédate amigo!, no puedes ir conmigo porque tengo que subirme al micro y no permiten perros, Mamita, háblale a Cuerdas por favor -, dijo Moy a Celina.

Pues ya se iba a la escuela, iniciaba el nivel medio superior, una etapa no mejor que la anterior, ni menos que la que viene, pero si era una etapa donde se iban a inclinar más a desarrollar sus sueños…

Chavelita había sido la primera en llegar, estaba en la puerta, pero cuando vio que venían se escondió para darles un susto.

- ¡No llega mi Chavelita, pero dijo que si venia y ella es muy puntual! - exclamó Moy.

- ¡si es de preocuparse eh! , mas con el matlacihuo de su papa! - Continuo diciendo Rosita.

- ¡uuuy como que si el tuyo fuera tan bueno Rosita! -, contestó Pipo burlamente.

- ay ya van a empezar a pelearse tan temprano -, dijo Cheque.

Cuando por detrás llega despacio Chavelita y le tapa los ojos a Moy haciendo de señas a los demás que guardaran silencio.

- ¡Chamaca bemba deja a mi amigo en paz! Al rato viene mi amiga Chavelita y te va a dar tus chingadazos veras – expresó Rosita.

Cuando Moy logro quitarse las manos de sus ojos y vio que era Chavelita, la abrazo y la cargo.

- ¡ay ya nos habías asustado sonsa! - Dijo Cheque.

- ay memelita, perdónenme, llegue primero y quería asustarlos - contesto Chavelita.

- ¡vaya que si lo hiciste -, contestaron.

Cuando entraron observaron todo, se dirigieron a su salón y ahí estaban, el grupito de Yoyo en primera fila como siempre con una actitud de marcando territorio.

Los días en el bachillerato seguían, el equipo "los chicatanas" estaban preparándose para su primer encuentro con una escuela aledaña, asi que Moy y sus amigos cambiaron el rio por la playa para hacer sus entrenamientos era tanto la pasión y ser el mejor jugador del mundo que sabía que con disciplina y constancia lo iba a lograr, llevaba consigo su pelota, su bule de agua y su tabla de surfear.

Por otro lado Chavelita y Rosita no iban por la cuestión esta de ser señoritas y las señoritas no debían salir, se quedaban en sus casas o se iban hacer tarea al rio, aunque a veces si se escapaban, bueno, sobre todo Chavelita evitaba a toda costa su noviazgo porque no quería que sus papas la casaran a la fuerza, ella quería seguir estudiando y cumplir su sueño.

Una tarde de danza, Chavelita sintió curiosidad por saber mas acerca de la Guelaguetza y aprovecho para preguntarle a la maestra.

- Profa. para formar parte de la Guelaguetza, ¿Que hay que hacer? -, preguntó.

Mientras Rosita la abrazaba, - ¡eso manita! -, dijo Rosita mientras la abrazaba.

- Rosita tu como siempre tan carismática... bueno Chavelita para formar parte de algún grupo de danza folklórico, necesitas hacer casting, a cada delegación de todo el estado oaxaqueño le llega una convocatoria a la casa de la cultura para quienes gusten participar, una vez forman su grupo de bailarines comienzan con sus arduos ensayos, cuando llega el día para el casting dan lo mejor de sí mismos y el que mejor se destaca lo eligen -, expresó la maestra.

- ¿A partir de qué edad maestra? - Pregunto Gaby imprudentemente, interrumpiendo a Chavelita que iba hablar, a Rosita se le noto la cara de molestia.

-A partir de los 18 ya puedes participar y si eres menor de edad tus padres tienen que firmar una carta de autorización, ustedes son muy buenas en esto deberían de participar, buscar algún grupo de jóvenes de alguna población cercana... bueno jovencitas las dejo porque el director me habla -. Finaliza la maestra y se retira.

- ¡Vámonos Chavelita aquí huele a cuita (estiércol)!- Dijo Rosita con desprecio.

- jajajaja ¡sabes que me da más risa! que sus papas no van a querer que vayan a la Guelaguetza por mas que se arrastren como tincuatles y supiquen -, contestó Gaby.

- pero no va hacer siempre Gaby ríete todo lo que puedas -, infirió Chavelita.

- tu que le estas dando explicaciones a esta Matlacihua que si no ve burro no se le antoja el viaje a esta pinche hurraca -, responde Rosita.

- ¡ya Rosita, vámonos! - La tomo de la mano Chavelita y se la llevo.

-¡ay Chavelita!, la voy a matar, la hare papilla y la aventare por la taza del baño, mi taza de baño para verla irse como lo que es, una apestosa cuita, de esas cuitotas... dijo brava Rosita.

- jajaja Rosita, ya manita te va a dar el patatus-, expresó Chavelita riéndose e interrumpiéndola.

Venia el día del estudiante y el jefe de grupo los organizó.

- ¡jovenes ilustres!, ¡escuchen ¡por favor! Ya se viene ¡NUESTRO DIA! Así que vayamos pensando que vamos hacer –, comunicó Xenon sentado en el escritorio del maestro mientras no llegaba.

- no empiecen con sus chingaderas que intercambio de regalo y esas jaladas, que sea algo mas así como pa echar el desma, sacudir el cuerpo y agüita de piña – opino Yoyo desde su butaca.

- ¡De esa que marea rico! - agrego Peluco.

- ¡FIESTA EN LA PLAYA!- , grito Xenón.

Chavelita se encargó de redactar la petición a la dirección de la escuela para que se hiciera posible la fiesta del día del estudiante en la playa.

En la hora del recreo comentaban acerca de la fiesta todo mundo.

- De seguro el grupito de yoyo va a llevar chupe (bebida embriagadora) - dijo Rosita.

- pues si baya Rosita - contesto Cheque.

- ojala y no arruinen nuestra fiesta si los descubren -, agrego Pipo.

- no creo que lleven porque debe de ir la prefecta para cuidar eso -, continuo Chavelita.

- tan mañosos que son - comentó Moy.

- ¡oigan y si hacemos una fogata! -, expresó emocionada Rosita.

- ¡siiiii! Pero antes debemos de acarrear la leña y los cerillos de escondida jeje porque si no, no van a dejarnos hacerlo -, Moy finalizo.

Por otro lado Yoyo y sus amigos.

- ¡si vamos a llevar meque o no! - comentó peluco.

- a pos claro… pero como lo metemos, acuérdense que ahí va a estar la prefecta y si nos descubren nos van a poner como camote – agregó Chema.

- de eso se encarga el chingon de Yoyo - dijo Gaby.

- mi pariente nos lo puede llevar, ustedes despreocúpense de eso ya verán que ni cuenta se van a dar y todos felices -. Finalizó Yoyo.

Yoyo y sus amigos después de platicar pasaron enfrente de Moy y sus amigos.

- ¡Chamacos, escuchen! Presiento que va haber 5 lugares vacíos en la fiesta jaja - dijo en voz alta Gaby.

- chingale como lo siente mi corazoncito de piojo- contesto Yoyo.

- ¡pero si el piojo no tiene corazón, chamaco cuita, pensándolo bien si eres un piojo! – respingó Rosita molesta.

- ¡ya Rosita, por favor! - la calmó Chavelita.

- ¡ya vállense a ver el gallinero! - dijo cheque.

- ¡que dijiste popoyote andante! - contesto Peluco encarrerado a pegarle.

- ¡déjenlos ya!, el gusto que me da es que no van a ir a la fiesta jajaja -, finalizo Yoyo.

Después de que se retiraron, pipo le pregunto en voz baja a Cheque.

- ¡Oye memelita, dimelo al chile, ¿te gusta esa espina de carnizuelo? -.

- ¿Quién? - Pregunto Cheque haciéndose el desentendido.

- ay no te hagas wey que bien que te he visto como la ves, pareces la vaca de don Calixto cuando pasas enfrente de su corral, pues Gaby bembo -.

- Tas lurio tu Pipo, no, no me gusta y ¿Por qué espina de carnizuelo? -, volvió a preguntar Cheque.

- no seas bembo, porque esta hueca por dentro y ves que la espina esa le anda la hormiga brava por dentro -, contesto Pipo.

- ¿ya dime te gusta? – Insistió.

- sí, pero quedito manito -, admitió Cheque.

- ¡Que tanto hablan ustedes!-, exclamó Moy-.

- nada manito jeje - contesto Pipo.

En la hora de educacion física…

- Tendremos en unos días un encuentro con unos compañeros de la escuela de Santa Rosa, ¡vamos muy bien jóvenes!, seguro ganamos, debemos de ir con hambre para los siguientes porque va haber un interescolar a Juchitan y está en juego dinero y la copa, tenemos que traernos ese campeonato, Moy y Yoyo necesito hablar con ustedes más tarde, por favor me buscan, ahora si entrenemos, en sus posiciones todos, por favor jóvenes-, concluyó el maestro.

Más tarde en el taller de danza, se escuchaba Pinotepa Nacional, como siempre Moy con sus algarabías no importa si era ensayo o concurso él chiflaba e invitaba a las almas a bailar y Chavelita tan imponente con su sonrisa y su forma de bailar.

En la salida los amigos de Moy y cuerdas lo estaban esperando para irse a casa pero él y yoyo se dirigían con el profesor de Educación Física como les había indicado.

-Jóvenes, ustedes son muy buenos en lo que hacen y lo saben muy bien, así que tengo algo muy importante que decirles, no se para cuándo van abrir convocatorias de visoria por parte de "los garroberos de Oaxaca" para jóvenes de su categoría, en otras palabras; es un equipo de futbol de primera división que busca talento y ustedes lo tienen todo, asi que no pierdan la oportunidad de estar presentes, las visorias las hacen en la ciudad de Puerto Escondido, en cuanto yo sepa de alguna les prometo avisarles -. informó el maestro.

Los ojos de Moy brillaban mientras recibía la información, se fue a casa muy contento y le contó a su mamá lo que había escuchado:

- Ay mijito pues seras muy bueno papacito pero eso es pa' los que tienen centavos, luego piden mordida o por medio de palanca los agarran -, respondió Celina desmotivandoló.

Moy se fue a su cama y saco su cajita donde guardaba sus cositas desde niño, ¿recuerdan?, se imaginó calificando para primera división en los garroberos de Oaxaca, haciendo su debut y en una de esas conociendo a su ídolo "el patas locas".

Ya era fin de semana, tomó su bicicleta y su tabla para ir a la playa desde temprano, claro Cuerdas no podía faltar, pero antes se percató que venía doña lancha con una costalilla:

- ¡muchito!, ¿esta tu mama? – preguntó.

- Si doña Lancha ahí ta, ¡MAMA! LE HABLA DOÑA LANCHA, ya viene -, constesto ya listo montado en su bici para irse a la playa.

- ¡mujer! ¿Y ora que vendes? - Salió Celina limpiándose las manos quitándose las escamas del pescado que había ido a pescar Juan en la anoche.

- ¿¡apoco hay pejcao manita!? - preguntó Lancha sorprendida.

- uuuuuuuu si hermana bruto pescado, anoche fue Juan a traer pa la papa y en eso ando -, respondió Celina.

- que bueno manita sino le hace uno asi pos como, manita yo traigo limones (huevos de tortuga), es un ciento, anoche fue mi Chofo y encontró un chingo, nomas me quedan estos, quédatelos hermana porque pa que yo camine mas pa´lla ya se calienta mas el sol -, dijo Lancha.

- ay manita chula apenas tengo unos centavitos pa pasar el dia -, expresó Celina

- ándale manita luego me das sale -, insistía Lancha.

- ¡orale pues manita, déjamelos ahí! - Finalizo Celina.

Mientras que Moy movía la cabeza negativamente porque sabía que la venta de los huevos de tortuga era ilícito.

Él había encontrado en el mar una forma de distraerse inteligentemente, tenía muy claro lo que quería y eso lo impulsaba a ser disciplinado y constante, la playa se había convertido en su mejor aliado para que sus piernas fuesen más potentes y habilidosas.

Por otro lado Chavelita se encontraba lavando la ropa en el rio y se emocionó tanto al ver una lluvia infinita de libélulas al mirar el cielo lo que significaba buen augurio, es decir; tenía la creencia que venía una gran transformación en su vida pero ella sabía que debía ser paciente, tomo su diario, se sentó en una piedra y se puso a escribir y a dibujar lo que estaba pasando en ese momento.

Lunes, inicio de semana tan contentos como siempre se saludaban ya saben de quienes hablo… entra el director al salón con un chico nuevo, tenía pinta de no ser de ahí. Se llamaba Francisco y venia llegando de la ciudad, te preguntas, ¿Qué hace un chico que viene de una zona urbana a una zona rural?, sus papás de él eran del pueblo pero se fueron en busca de otras oportunidades para su mejoría a la ciudad hace muchos años, puesto que regresaron para arreglar unos asuntos de bienes raíces que al parecer su tío se quería apoderar, ya saben esos conflictos familiares que parecen no tener fin, pero bueno. Francisco era muy guapo y en cuanto entro al salón algunas chicas se emocionaron al verlo, sobre todo Gaby, le coqueteo y a él parece que le gusto, cheque mostro celos y pipo se le quedo viendo.

En el receso, Moy les expreso a sus amigos que a veces se sentía solo y que dudaba de su capacidad como futbolista pero también sabía que debía intentarlo y que existen segundas oportunidades, porque le había desanimado lo que su mamá le dijo, tenía mucho miedo pero al mismo tiempo mucha emoción de ir aprobarse.

Chavelita le tomo la mano y dijo:

- ¡todo es para bien, es tu primera oportunidad! Solo sigue trabajando como lo has hecho y todo va a salir bien, te lo prometo -.

- pues si nito, la chavelita tiene la purita razón eres la mera tlayuda oaxaqueña, por cierto; cuando vamos por unas chamacos, doña Teodora dicen que va a vender -. Agregó Rosita.

- Jajaja todos rieron, ay Rosita tu como siempre, pues este fin de semana estaría bien que fueramos a cenar - propuso Pipo.

- y mejor deberíamos pensar en el apodo de Moy para cuando salga en la tele le gritemos -. Dijo Cheque.

- ¡miren, miren, miren! Chamacos, ¿ven lo que mis ojos ven? - pregunto Rosita...

pues vieron como Gaby se estaba besando detrás del salón con el nuevo chico de la escuela de una forma no muy adecuada y cheque estaba que se le salían las tripas mientras Pipo estaba tenso viéndolo.

- Ese chamaco se ve bien mañoso y lurio – comentó Rosita.

- Si se le ve bien mala persona - dijo Pipo.

-¡INDIOS!, QUE VAN A LLEVAR PARA LA FIESTA NO ME DIGAN QUE ESAS GARRAS, ¡AAAH! PERO AHORA QUE RECUERDO NO VAN A IR JAJAJA -. Gritó Yoyo. Al parecer Chico ya se había unido al grupito y era novio de Gaby.

El viento corría muy bonito, un atardecer extraordinario, ya era el dia del estudiante y en la playa había fiesta todos los jóvenes caminaban hacia allá algunos caminando con sus linternas, otros en sus bicis y francisco en su camioneta con sus nuevos amigos, mientras avanzaban se veían luces y se escuchaba música.

La prefecta estaba en la puerta revisando y dándoles la bienvenida con una felicitación, a todos se les veía muy contentos, los juegos no pudieron faltar, las rifas para regalos y los alimentos y bebidas se hacían presente. La noche ya estaba cerca, una luna llena se asomaba y Moy en el oído le dijo a Chavelita: - ¡esa luna es para ti, te la regalo! -, se tomaron de las manos y empezaron a bailar una canción lenta que el Dj había puesto.

Pipo no dejaba de ver a Rosita, ella en ese vestido rojo se veía sensacional y entonces Moy se le acercó.

- ¡hermano!, te gusta la Rosita ¿eh? diras que no me he dado cuenta -, expresó.

- ¡jeloreparìo! ¿tanto se me nota? ¿crees que ya se dio cuenta? - preguntó Pipo.

- ¡Mira Rosita será muy lista pero si tu no le expresas lo que sientes nunca se dara cuenta!, hazlo hermano o invítala a bailar porque ora con mi Chavelita esta bailando jjajaj, corre ve por ella hermano, te acompaño -, finalizo Moy empujándolo.

Aquellos ya habían metido sus bebidas embriagadoras, algunos profesores ya se habían ido, mientras que los demas estaban ahí pero los dejaban ser, a excepción que no vieran algo extraño sino cancelaban el baile.

Cheque no le quitaba la vista a Gaby.

- wey, déjala hermano, esa chamaca no te esta, tu vales mucho, mejor vamos allá están los demás están juntando lumbre para la fogata -. Expresó pipo.

No se alejaron mucho, hicieron su fogata y se sentaron alrededor disfrutando de la luna.

- ¡CHAMACOS, VENGAN A VER ESTA PONIENDO HUEVOS UNA CHUNDA! -(tortuga)-, dijo emocionada Rosita.

Se dirigieron lentamente hacia la tortuga y disfrutaron de un gran escenario que la naturaleza les regalaba esa noche.

-¡Chamacos voy a ir echar un cague! -, expresó cheque.

- ¡no memelita no vayas jaja! - contesto Chavelita.

- ándale ve hermano aquí te esperamos - dijo Moy.

Cheque después de ir al baño, regresa a la pista de baile a tomar agua, cuando de repente ve a Gaby bailando con Francisco, pero nota que ella esta algo alcoholizada, entonces paran de bailar y él se la lleva de la mano, Cheque los empieza a seguir de tal manera que no lo vieran, se esconde detrás de una palmera y entonces ve que Francisco la empieza a besar y ella accede, pero cuando él le intenta quitar el vestido ella se resiste, el insiste, trata de convencerla pero a ella se le nota descontenta, ella se para, él se desespera, la jala del vestido, la acuesta, la empieza a besar, acariciar y terminan haciéndolo sin el total consentimiento de Gaby y aprovechándose de su estado, cheque no sabía que hacer, se retiró y llego con sus amigos.

-¿Todo bien memelita?, ¡que pasa! - pregunto Chavelita.

- ¿estás bien Memela? Parece que viste a la matlacihua -, pregunto esta vez Rosita.

- ¡hermano, que tienes!, habla chingada madre - insistió Pipo.

- ¡NADA WEY!, quiero irme a mi casa, me duele la panza y creo que me dio diarrea -. Contestó Cheque.

- ¡ah pues eso di, wey, asustas! - dijo Moy.

Pipo no estaba muy convencido de lo que había dicho Cheque, pero al final apagaron la fogata, se despidieron de sus maestros y tomaron sus bicis para regresar a casa en compañía de la luna.

CAPITULO XIV: CALENDA (VIRGEN DE JUQUILA)

Las vírgenes valen mas, hasta fiesta les hacen...

Las mujeres que se entregan virgen a su hombre valen más que aquellas que tienen el hoyo del lado al lado, decían las personas del pueblo...

En la hora del recreo, Cheque observaba discretamente a Gaby, su mirada ya no era igual parece que esa noche le habían rebatado esa mascara malévola, su alma era desnuda y débil, como esos pececitos saltando fuera del agua buscando oxígeno, tal vez dejo ser una persona más y se convirtió en un ser humano capaz de sentir dolor, mientras él pensaba eso, Pipo lo vio y le patio el pie debajo de la mesa.

- ¡Memelita! ¿Estás bien? estábamos hablando de la fiesta y tú en la bemba -, dijo Chavelita.

- ¿mande?... este... si estuvo muy chingon-. Contesto él.

En el grupito de Yoyo reían y hablaban de la fiesta también.

- Gaby, manita ¿estás bien? o andas todavía en tu cama -, pregunto Amalia en voz baja, pero Gaby seguía fuera de la realidad.

- por cierto me vas a contar todo el chisme con el guapo de Francisco, ¿eh? – continuaba Amalia diciendo.

- ¡ay Amalia, por favor!... Me voy, los dejo nos vemos en el salón -, contesto Gaby cuando reacciono.

- ¡y ora! Que le pasa a esta -, comento peluco.

- Asi son todas las viejas cuando andan draculas -, dijo Francisco.

- ¿Draculas?- Preguntaron.

- si hombre no sean ingenuos, en sus días sangrientos -, todos rieron.

-menos yo - contesto Amalia con risa.

Cheque al ver que Gaby se levantó de la mesa donde estaba la bola, se paró y le dijo a sus amigos que los veía en el salón, él la siguió, vio que se metió al baño y con mucho cuidado se fue acercando para que el intendente no lo viera, entonces escucho unos lamentos de culpa, lloraba sin parar, él se sentía impotente.

- ¡Hey joven! ¿Qué hace usted ahí? - gritó el intendente cuando lo descubrió.

- mmm nada, bueno es que se me a figuro que se metió algo, como una víbora pero no estoy seguro -, contestó Cheque.

- ¡Órele sáquese a su salón! - ordeno el intendente.

- ¡ya pues, ya voy! – respondió Cheque.

 Llego 5 minutos tarde a la clase y cuando se distrajo el maestro entró gateando.

- ¡que ongo con el cheque! -, Dijo en voz baja Rosita.

- deberíamos de preguntarle-, finalizo Moy.

Enseguida entró Gaby con una expresión no habitual, parece que había visto a la Matlacihua, los amigos de Cheque se miraron extraño.

En la Salida Amalia buscaba a Gaby, cuando la vio que ya iba de regreso a casa la alcanzo corriendo.

- ¡Manita! ¿Por qué no te esperaste?, los chamacos preguntaban por ti-, preguntó Amalia.

Ella la ignoró y entonces ya venía el micro, le hicieron la parada y subieron.

- Gaby te hablo, andas bien rara hoy -, insistió Amalia.

- ya cállate Amalia no quiero hablar con nadie - contesto Gaby sin mirando hacia la ventana.

- ¡huy que genio!, con razón dice Francisco que... -, agregó Amalia pero no pudo terminar porque Gaby la interrumpió.

- TÚ Y FRANCISCO AGANCHENSE Y COMAN CUITA, ASTE...- reacciono Gaby enojada empujándola para cambiarse a otro asiento del camión.

Gaby no sabía que hacer se sentía confundida, asustada y nerviosa, la hora de bañarse era su látigo, lloraba, se culpaba por lo que había sucedido esa noche en la playa, pensaba que ella lo había provocado que si no hubiese bebido mucho, que si por la ropa que llevaba, que si se hubiese respetado no hubiese pasado nunca o mejor aún si hubiese dicho que no, que si lo hubiese empujado y pedido auxilio no ocurriría nada, se decía que ya no valía como mujer, lastimándose y golpeando su cuerpo, recordaba una y otra vez las palabras de su padre diciendo que la mujer solo tenía valor una vez y que su deber era llegar al matrimonio virgen de lo contrario ningún hombre la iba a querer y respetar.

Chavelita iba con Pancho al rio para ir a lavar su uniforme, cuando descubre que estaba una persona sentada viendo hacia el cielo, para que no la viera se escondió detrás de un árbol, se trataba de Gaby, que extraño pensó ella ya que era nula la posibilidad de verla en esos sitios.

Moy se encontraba como siempre en la playa haciendo su entrenamiento acompañado de sus amigos muy emocionados, en su mente estaba las visorias a las que iba asistir, después de un rato mientras que cheque estaba entretenido con un saramuyo Moy y Pipo tuvieron una conversación.

Nito, - ¿has guachado al cheque ido en estos días?, Como que algo le preocupa o es mi coco -, expresa Moy a Pipo.

- si wey, pensé que solo yo lo había mirado, siento que este sabe algo y no nos quiere decir, hay que preguntarle ¿no? -, contestó Pipo.

- también en la hora del recreo vi que se le quedaba viendo mucho a Gaby -, finalizo Moy, su reacción de Pipo fue de suspenso al escuchar eso.

Al otro día en el Receso se comentaba de una supuesta violación.

- ¡oigan chamacos, que a la hija de don Chinto la violaron! ¿ya vieron a Magdalena hoy? -, comento Rosita.

- ¡no chingues! parece que no vino -, dijo Pipo.

- entonces eso quiere decir que fue cierto - agrego Cheque espantado quedándosele viendo a Gaby y a Francisco.

- por cierto no tiene nada que ver con lo que estamos comentando pero ayer vi a Gaby en el rio cuando fui a lavar ropa con Pancho y se me hizo muy extraño -, dijo Chavelita.

- ¿¡Gaby en el rio y que hacía!? - Reacciono Moy.

- Pues se le veía preocupada -, contestó ella.

Por otro lado…

Amalia buscó a Gaby después de que ella había abandonado la mesa y tenía rato de no regresar, camino casi por toda la escuela hasta que la encontró llorando en el baño.

- ¡que chingados te pasa¡, manita por favor, dime que tienes Gaby -, dijo Amalia con desesperación y sosteniéndola de los brazos.

- aquí no Amalia cualquiera puede escuchar te espero en el rio al rato -. Respondió.

En la salida Pipo tomo de los brazos a Cheque porque ya se había cansado de la actitud de él.

- ¡a ver wey! Tu sabes algo a mí no me haces pendejo, tienes cara de que escondes algo y fue desde esa noche de la fiesta, te le quedas viendo mucho a Gaby, te conozco mosco, que es trocalo a las de ya wey -. Expresó Pipo.

- ¡Que está pasando aquí! - Dijo Rosita con curiosidad.

- suponemos que memelita oculta algo y no nos quiere decir, es acerca de Gaby-, agregó Moy.

- cierto Gaby ha andado muy extraña estos días -, dijo Chavelita.

- ¿y que tiene que ver la Matlacihua con la actitud de Memela?-, preguntó Rosita.

- No sé, pregúntale a Memela-, respondió Pipo disgustado.

- pues sí, ¡ya hombre!, suéltame wey, si se algo pero aquí no lo puedo decir nos vemos en el rio al rato -, finalizó Cheque.

Chavelita llego a su casa tomo su diario y comenzó a escribir: - La comunidad se viste de gris se sabe que han violado a Magdalena y hoy su ausencia se sentía, tal vez es real, estas cosas no pasaban por aquí, el saberlo nos pone un poco nerviosos y tristes…

Llego la tarde y todos se dirigían al rio cuando de repente vieron a dos personas.

- shshshs es Gaby y Amalia -, exclamo Chavelita retrocediendo, empujando a los demas.

- ¿Qué hacen aquí? - Pregunto Rosita en voz baja.

- tal vez yo sé - contestó Cheque bajando la mirada.

Se sentaron en un lugar donde ellas no los descubrieran, cheque era el mas nervioso.

- ¡ya wey al grano! -, Insistió Pipo.

- ya nito ponte en sus zapatos - dijo Moy.

Cheque con mucho nervio y tenso les empezó a contar lo que había sucedido esa noche con Gaby y Francisco en la playa, los demás al escuchar se quedaron mudos.

¡PERO QUE DESGRACIADO CHAMACO! -, su reacción de enfado de Amalia después de que Gaby le conto lo que le había pasado.

- ¡baja la voz Amalia, siéntate que nos pueden ver o escuchar! -, dijo Gaby tratando de tranquilizarla.

- ¡es un hijo de su pinche madre ese pendejo!-, siguió diciendo Amalia.

- imagínate mis papas se enteran, me matan y enseguida a él -, expresó Gaby.

- pues a él por perro, se lo merece manita, hay que demandarlo ahorita mismo - dijo Amalia jalando a Gaby.

-¡cállate Amalia, noooo, que va a decir la gente , esta ya no esta señorit o peor aún que digan que lo provoque, ¿o yo lo provoque?-, expresó Gaby casi convencida.

- ¡callate tu Gaby, ese debe tener su merecido y tú, tu sigues valiendo igual manita! -, insitia Amalia.

-por favor Amalia has como que si no te conte nada, como que si las cosas están normal, por favor, por favor -, suplicaba Gaby.

- ¡estas luria Gaby -, a Amalia no le cabia.

- si dices una sola palabra de lo que he dicho dejas de ser mi amiga, prométemelo-, amenazó Gaby.

- ¡órale pues, no estoy nadita de acuerdo con lo que dices, pero bueno -. Dijo Amalia no convencida.

Moy y sus amigos supusieron que Gaby le había comentado a Amalia por la reacción que tuvo, se vio desde donde estaban.

Cada uno se fue a su casa… Candida le empieza a gritar a Chavelita.

- ¡CHAVELA!.

- ¡MANDE MAMA, YA VOY! -, contestó Chavelita.

- ¡APURESE CHINGADA SUERTE, NO VES LO QUE ESTA PASANDO EN LA COMUNIDAD!-, dijo Cándida alebrestada.

-¡ya vengo, ya sé que debo llegar antes del anochecer mama!-, expresó Chavelita, amarro a Pancho, encendió su candil y se puso hacer tarea.

La comunidad estaba asustada, la mamá de Rosita, de Amalia y de Gaby también las buscaban para meterlas a la casa y estuviesen "seguras", pues la violación de Magdalena puso a los padres de familia ariscos y alguno que otro enfadado.

Magdalena era una adolescente normal como cualquier otra experimentando y auto descubriéndose, cuando conoció a Francisco enloqueció, después de que este tuvo intimidad con Gaby busco saciar su placer sexual con otra chica entonces aprovecho la oportunidad y lo hizo con Magdalena pero de una forma violenta porque ella definitivamente dijo que no y quiso escapar pero él la detuvo, al finalizar la amenazo le dijo que si decía algo la iba a matar y que no le convenía porque si sabía el pueblo que la hija de don Chinto ya no era virgen iba a ser una vergüenza para toda su familia.

Lo que había dicho Francisco resonaba una y otra vez en su cabeza, no la dejaba en paz, cuando justo va llegando a su casa, su hermana la va a encontrar para regañarla porque había llegado tan tarde alumbrándole en la cara con una lámpara.

- ¡Magdalena que hora son estas de llegar si nada mas ibas a comprar pan ahí de doña Clemencia- reclamó Angelina enojada.

Magdalena que jijo de la chingada te paso, a ver mírame, quien te asusto, magdalena responde-, Pregunto desesperada despues de darse cuenta de su condición.

Ella estaba ida hasta que vuelve en si mientras su hermana la movia del hombro.

- ¡nada, no me paso nada ombre! Ahí esta el pan -, Magalena contestó dirigiendose a su camastro, se puso a llorar y recordaba una y otra vez lo sucedido.

Claro, Angelina no se convenció de ello y solo pensó en dejarla en paz.

Los días pasaron pero la comunidad seguía triste por lo que le había pasado a la pobre muchacha y cuidaban más de lo normal a sus hijas, se hablaba de eso todavía.

Gaby se hacia la fuerte fingía estar bien con sus amigos sobre todo con Francisco aunque él ya ni la pelaba al parecer, él tenía novia pero solo lo hacia para despistar, en la hora del receso ella noto algo extraño en Francisco, se le quedaba viendo a Magdalena de una manera amenazante y ella solo agachaba la cabeza.

-Amalia, ¿me acompañas al baño? -, dijo Gaby.

Cuando llegaron al baño… - Manita tengo que decirte algo-, agregó Gaby.

-¡Que cosa!- respondió Amalia ansiosa.

-Es que vi a Francisco viendo a Magdalena de una forma brusca, así feo-, dijo Gaby.

-¿y ella que hizo?-, preguntó Amalia.

-ella solo agacho la cabeza-, contestó.

- ¿y eso que significa Gaby?, ah nambre ¿estas diciendo que ese bembo tuvo algo que ver con lo de Magdalena?-.

- tal vez Amalia-.

-Fíjate lo que estas diciendo porque es una acusación muy fuerte-.

- Amalia no seas inocente yo siento que sí, además dice mi mama que perro que come huevo jamás se le quita la maña.

Cheque estaba escuchando lo que platicaban en el baño, vio que salió Amalia pero Gaby no, entonces se percató que estaba llorando y pregunto.

- ¿Te puedo ayudar en algo? -.

-¡estabas escuchando todo lo dijimos Amalia y yo!.

- ¡No, no, para nada, saber lo que dijeron, yo apenas llegue y te escuche y fue que me acerque!-.

- ¡pues gracias pero no necesito ayuda, solo son cólicos, cosas de mujeres, ya vete o le grito al intendente-.

- ya pues ya me voy-.

De regreso a casa, Amalia y Gaby subieron al micro.

- me voy a sentar al lado de Magdalena, nos vemos mañana-, dijo Gaby.

- ¡que onda Magda, aste!- expresó Gaby cuando se acercó.

Magdalena solo se le quedo viendo como que si no le importaray despues volvió a su ventana.

- ¿Qué quieres?, ahórrate tus comentarios-, dijo Magdalena uraña.

- No quiero, creo que no somos tan diferentes Magdalena-.

- ¿y eso que?-.

- pues si, que no somos muy diferentes, que te digo manita, ya no soy virgen y a veces nos toca perderla a la mala, si me necesitas búscame-, finalizó Gaby.

Atrás iba Moy y sus amigos y solo se quedaron viendo unos a los otros preguntándose que le había dicho Gaby a Magdalena.

-¡Chamacos!, ¿y si fue Francisco?-, comentó Rosita.

-¡Rosita pero que dices!-, Contesto Pipo.

- ¡ay por favor, no seamos tan ingenuos chamacos, no descartemos eso que dice Rosita, acuérdense que ella parece bruja ¿se acuerdan del taco de Moy?, si fue él se va a saber y no creo que por nada se acercó Gaby a ella-, agregó Cheque.

- ¡A ti porque te gusta esa muchita, la ves con ojos de amor! -, dijo Pipo.

- bueno, todo puede pasar pero no seamos chismosos y además pueblo chico luego se saben las cosas -, comentó Moy.

- lamento mucho lo que les paso a ellas, no puedo ni imaginarme como se sienten, ojala pasen pronto todo esto -, dijo Chavelita.

- yo hoy me acerque a Gaby, la verdad es que siempre llora en el baño, me he dado cuenta porque la sigo, y hoy si me acerque-. Dijo Cheque.

- ¡muy bien memelita, ya diste tu primer paso- se le salio a Pipo.

- ¿primer paso? -Preguntaron los demás al mismo tiempo.

-ay, diles wey no es un pecado- lo animo Pipo.

- ¡es que me gusta Gaby! -, respondío Cheque con pena.

¡Ay memela, que feos gustos tienes, ¿eh?- dijo Rosita.

- esa Rosita siempre tan humorística, que bueno memelita aunque pues solo toma tus precauciones-, dijo Chavelita.

- si, todo va a estar bien-, finalizo Moy.

Después de bajarse del micro, todos tomaron el camino a su casa.

Magdalena se sentía juzgada por todos lados, por sus padres, por la escuela y lo peor por ella misma, no hay nada más cruel que nuestra mente diciéndonos cosas.

Don Chinto al saber que fue violada se puso incontrolable.

- ¡MAGDALENAAA, MAGDALENA, VEN PA´CA CHAMACA!, AHORA MISMO ME VAS A DECIR QUIEN TE HIZO LA GROSERIA PORQUE LO VOY A MATAR A ESE MALPARIDO, ESO NO ESTA BIEN MAGDALENA QUE TE ANDEN BAJANDO EL CALZON A LA FUERZA, ENTONCES YA NO ERES SEÑORITA OLVIDATE QUE LOS HOMBRES TE VAN A QUERER CHAMACA, YA NO, DIME O TE SACO LA VERDAD A PURO LEÑAZO –. Gritó don Chinto mientras la cernía de su blusa.

-PAPA, NO LE VI LA CARA TE LO JURO POR ESTA, QUE NO SE LA VI, TENIA MASCARA-, respondió Magdalena desesperada.

-COMO VAS CREER ESO MAGDALENA, TU CREES QUE YO NACI AYER, ME DICES O TE MATO A TI TAMBIEN-.

- PAPA YA CALMATE OMBRE NO ES PARA TANTO, ESTA DICIENDO LA VERDAD -, dijo Angelina tratando de defenderla.

- ¡COMO NO! VOY A ENCONTRAR A ESE MALPARIDO Y TE LO JURO POR ESTA QUE LO HARE MIERDA –.

Don Chinto agarro su mezcal y se puso a beber, mientras que la hermana de Magdalena intentaba sacarle la verdad acerca del violador, pero no pudo hacer mucho.

Al día siguiente en la escuela.

-¡JOVENES, ACERQUENSE POR FAVOR!, tengo una información que darles, hace poco nos llegó una invitación por parte de la delegación del pueblo para hacer acto de presencia en la calenda con respecto a la festividad de la virgen de Juquila, así que nos tenemos que preparar muy bien porque ya saben que es un día muy importante, una fiesta muy grande para el pueblo y debemos de zapatear muy bien además que comenzaremos a realizar sus canastas, ¿han hecho alguna vez? O ¿tienen alguna idea de cómo hacerlas? (algunas movieron la cabeza de si otras no) bueno, me van a traer una canasta, papel china del color que gusten, pegamento y unos palitos, yo traigo lo demás, nos resta 3 semanas para hacerlas así que a ponerse bien -. Dijo la maestra de danza.

Comenzaron los ensayos para la presentación y también el arreglo de sus canastas, de fondo sonaba la chilena de Puerto Escondido y como siempre la alegría y la autenticidad de la sonrisa de cada alumno se veía en su zapateado.

Las cosas seguían frías en la comunidad, todo mundo hablaba de la violación, miraban a Magdalena con lastima o asco y la única persona que la entendería seria Gaby pero ella apenas hablaba con su hermana.

En el receso se acercó Gaby a Magdalena.

- ¡fue Francisco, ¿verdad?, Magdalena mírame, fue él, he visto como te mira, es amenazante, créeme si hay alguien que puede entenderte soy yo y quiero ayudarte -.

- ¡callate el hocico Gaby!, vete con tus amigos los hurracas, que me hace pensar que eres diferente-.

-pues entonces púdrete en tu dolor Magdalena-.

Cheque vio esa escena, después corrió detrás de Gaby y dijo;

 -¡Fue Francisco¡-.

- ¿estabas escuchando memela?-.

-estoy seguro que fue él-.

- tú no sabes nada Cheque, no te metas en la que no te importa-.

- te he visto como lloras, desde aquella fiesta ya no te ves igual, te siento lastimada y triste-.

- ¡cállate memela, callate ya!, tu no sabes nada -.

- ¡yo vi todo Gaby! -.

-¡entonces si sabes, CALLATE y déjame en paz!-.

- solo quiero que sepas que si necesitas un amigo aquí estoy, quédate tranquila no he dicho nada-.

Gaby se retiró con un sentimiento de paz porque sabía que había alguien que le importaba, aunque su orgullo era más fuerte que eso.

Ya se acercaba la fiesta y las calles se empezaban a pintar de colores, la feria había llegado y las personas listas para bailar…

Una mañana se levanta Magdalena tan rápido de la cama para dirigirse al baño y vomitar, su hermana se acerca para saber que pasaba.

- ¡pendeja y si estas preñada!, ¡tenemos que ver eso con doña Tula, hoy mismo-, expresó Angelina.

Ese día Magdalena no fue a la escuela.

Por otro lado en la escuela Gaby pide permiso para ir al baño porque sentía nauseas desde que llegó pero se las estaba aguantando, también mareos y pidió retirarse.

-¡GABYYY, ESPERA, ¿pa donde?-, grita Amalia.

-pa' mi casa-, responde Gaby.

- ¿¡Por qué ora!?-.

- ¡porque me da la gana!-.

- no seas grosera Gaby-.

-No me siento bien, tengo náuseas y mareo-.

Amalia se queda pensando y ddice:

- Manita y si estas preñada-.

-¡estas pendeja, no digas eso!-.

Se quedan viendo las dos admiradas y Gaby reacciona:

- acompáñame ahí de la partera, ¿recuerdas como se llama?-.

- si, Tula-. Finalizó Amalia.

Llegaron a la casa de doña Tula y salio una niña desarreglada.

-¿esta doña Tula?-, preguntó Gaby.

- ella falleció hace un año, pero su hija está en su lugar, ¡casilda te hablan!-.

- ¿Qué quieren muchitas?- Pregunta Casilda.

- ¡este... mmm... bueno.. Quiero saber si estoy preñada! -, responde Gaby con nervios.

-a ver ven chamaca, tu nomas o la otra también -.

- No, yo no-, contesto Amalia.

Casilda empezó a ramearla con ruda, albahacar y rociarla con mezcal después le unto un huevo por todo el cuerpo cuando termino lo rompió dentro de un vaso con agua, espero un poco y alzo el vaso viéndolo fijamente con curiosidad.

- mmm bueno chamaca, aquí dice que estas esperando muchito -.

-¡Gaby, manita!-, reacciono Amalia asustada.

-Necesito pensar en algo ya Amalia, si mis papas se enteran me matan-. Despues de pensar, dijo; -Doña Casilda, deme algo para tirarlo-.

- ¿¡Qué!? Pero estas bien pendeja Gaby, no manita, lo puedes tener y largarte -.

- no Amalia, doña Casilda dígame que debo hacer-.

-Segura chamaca-.

-que si, digame ya-.

-bueno chamaca, te vas hacer un té con hierbas amargas aquí las tengo yo, después que te las tragues, te masajeare el vientre después vas a sentir dolor y vas sangrar como si fuera tu regla, al final te haces un té para curar la herida por dentro y te lo vas a tomar por 30 días.

De regreso a casa, Amalia y Gaby tienen una plática:

-manita, estas bien loca-.

-ay Amalia si solo vas estar conmigo para cagarme el palo, mejor ni estés, ni te necesito, dame fuerzas, también me estoy haciendo mierda con todo esto, pero que hago, mi papa me va a sacar la puritita verdad a punta de garrotazos, no solo eso me va a casar a la fuerza con ese bembo y no estoy lista Amalia, entonces antes de que me encariñe con este chamaco lo tengo que sacar, ¡me vas apoyar o no!-.

-si, manita, pero; ¿lo vas hacer ya?, porque acuérdate que en 2 días se viene la calenda y te van a necesitar-.

- pues si Amalia, tengo que hacerlo ya, bueno, quizá mañana o pasado para que el fin de semana este recuperándome, usa tu coco, imaginemos que participo y de tanto brinco empiezo a sangrar-.

- serás la noticia del pueblo, mejor hazlo antes y haber que se le inventa a la maestra.

Ese mismo día la hermana de Magdalena la acompañó ahí de doña Tula, y si, la noticia le cayó como balde de agua fría, sentía que su vida había acabado ahí, que ya no tenía sentido seguir, la presión la estaba matando, el hecho de pensar mucho en la reacción del papá al saber que su hija ya no valía como mujer la estaba lastimando al grado de imaginarse que pasaba si dejaba de existir y terminaba con su dolor...

Al siguiente dia Magdalena sintió mucha ira y se le lanzo a Francisco a manotazos.

-¡ERES UN PENDEJO, ARRUINASTE MI VIDA POR COMPLETO!-.

- bájale tres rayitas a tu drama, ¡cálmate Magdalena! Estamos en la escuela, ¿De que chingados hablas?, a las mujeres putas como tú se les trata de esa manera, ahora te vas hacer la puritana, no Magdalena estas bien loca, tu me coqueteaste primero, tu lo querías, métetelo en esa cabezita de chicatana, tu lo provocaste-, dijo Francisco sosteniéndola violentamente de los brazos.

- NO, ESTAS PERO SI BIEN RE PENDEJO-.

-¡cállate el hocico Magdalena, vete antes de que haga algo peor!-, él la arroja hacia el piso, ella cae sobre una piedra.

-¡y que es eso peor que puedes hacer!, ¿¡matarme!? ¡Pues hazlo!, ¡lo hubieras hecho ese día, ¡macho!, pero te falto aguacates para hacerlo, además no solo me matarías a mí, estoy preñada! -.

- jajajajaja, ahora entiendo porque viene todo ese arguende, india, india, seguro te fuiste a revolcar con otro y a mí me estas echando la bolita, estas pero bien re pendeja tu, lárgate de una vez, ¡pero ya!, y no quiero que te vuelvas a cruzar frente a mi ¿entendiste?, porque no sabes de lo que soy capaz-, Francisco le patea los pies y se retira.

En el taller de danza, la maestra pregunta.

- ¡a ver chicas, enséñenme sus canastas, muy bien, que bonitas están quedando todas!. Gabriela ¿y tu canasta?-.

- ay, maestra se me olvido-, contestó ella haciéndose la olvidadiza.

- ¡recuerden que solo falta un día para la calenda, ¿eh?... bueno chicas, las dejo un momento iré a la dirección-.

- Si yo no voy a estar en la calenda, tampoco la Chavela-, expresó en voz baja Gaby a Amalia.

- ¿Qué vas hacer?-, pregunto Amalia asustada.

- Pásame las tijeras, me vas echar aguas, esa es la falda de la trenzuda, ¿no?-.

- Si -.

Entonces toma la falda de Chavelita, empieza a cortar lo más rápido posible y le deja en su lugar.

Termina la clase y cada una toma sus cosas para regresar a su casa pero Chavelita al recoger su falda.

-Mira Rosita, mi falda!-, dijo desanimada Chavelita.

- pero que cosa tan horrorosa, ¿Quién haría semejante groserilla?-.

-deja tu eso, mañana es la calenda-.

- ¡Gabriela, esa fue, ¿Quién más!? donta la voy a matar-.

- ¿tú crees que haya sido ella?, yo digo que no Rosita con lo que está pasando ¿crees que quiera molestar a la gente?-.

- ¡ay Chavelita! No seas sonsa manita sino es ella, ¿Quién más?, ¡quiere perjudicarte!-.

- pues ahora no tenemos tiempo de pelear o pensar en quien fue, mejor voy a pensar en como solucionarlo-.

Cuando de repente entra Pipo, Cheque y Moy:

-¡Chamacas, venimos por ustedes, ¿listas para mañana?-.

- Siiiiii- gritaron ellas de emoción.

Chavelita llego a su casa triste por su falda, esta vez le pidió a su hermano que llevara a Pancho a persogar pues no le iba a dar tiempo llevarlo a donde siempre porque sentía que perdería tiempo ya que iba a ver la forma de coser su falda, encendió su candil cuando vió que la noche caía y seguía remendando.

Las calles estaban llenas de colores, las personas listas para hacerle misa a la virgencita de Juquila, la banda preparándose, las madrinas de canastas brillaban con luz propia y puestas para hacer el recorrido en todo el pueblo, una vez terminaba el rezo, comienza la banda a tocar y los pies desnudos o con huarache comienzan a zapatear la primer melodía, mientras un conductor hablando en el micrófono invitándoles a bailar , de repente hacen paradas de 15 minutos para bailar, se acercan los jóvenes, niños y adultos para acompañarlas, no tenían que faltar los grandiosos monos de calenda y aquel que estuviese repartiendo mezcal, tepache, sombreros y pañuelos, las madrinas aventando dulces, pan, café, tostadas que sacaban de sus canastas para la gente y el resto de los habitantes les regalaban desde su casa lo que tenían, al final del recorrido llegan a la explanada para premiar a la mejor canasta, mejor vestuario y mejor zapateado, después encienden el torito (juegos pirotécnicos) y se escucha la chilena a todo lo queda mientras una persona bailando lo carga... Moy, Pipo, Cheque, Chavelita y Rosita no dejaban de disfrutar cada segundo.

Mientras todos celebraban a la virgen de juquila con mucha algarabía, fuegos pirotécnicos y banda, Gaby se había practicado el aborto y estaba sufriendo las consecuencias en casa y Magdalena entra en depresión, desesperación y ansiedad, se dirige al lavadero para la lavarse la cara, ve el cloro, lo abre y se lo bebe…

- ¡MAGDALENAAAAAA!-, grita su hermana al verla caer, pues se había quitado la vida.

CAPITULO XV: CON ARTO QUESILLO

-¡Tlayudas, vengan chamacos!, la doña vende tlayudas -, Rosita invitaba a los chicos a comer, después de la zapateada en la fiesta.

-pero Rosita no tenemos mucho dinero-, dijo Cheque.

- ¡jelorepario!, aunque sea 10 pesos, nos hacemos la coperacha para una mase-, insistió Rosita.

- ¡yastas!, saquen chamacos, doña Petra buenas noches, véndanos una tlayuda la más grande que tenga, con ARTO QUESILLO – dijo Pipo.

Doña petra partió en 5 pedazos la tlayuda para compartirla entre Moy y sus amigos, cuando se acercan Yoyo y los demás a comprar también.

- Doña Petra me hace 5 tlayudas, yo invito chamacos -, dijo Francisco en tono pedante mientras miraba con humillación y burla al grupo de Moy.

- ¿De que van hacer?-, Pregunto doña Petra.

Algunos dijeron de tasajo, otros de cecina y mixta pero...

- A mí me hace una tlayuda de chorizo con queso Oaxaca -, ordeno Francisco.

- no es queso Oaxaca pinche yope, se llama quesillo sotaco -, dijo Rosita en voz baja pero él logró escucharlo.

- ¿¡Qué dijiste india!? ¡Vuelve a repetirlo!-, se levanta Francisco de su lugar y la reta.

- ¡que no se llama queso Oaxaca pinche yope, es quesillo chingada madre!-, respondió con determinación ella.

- ¡yopa tu madre y toda tu raza!-, contesta Francisco.

- ¡a ver ya chamacos!, ¿no?, ya vámonos-, dijo Chavelita jalándola cuando vió que Pipo se levanta con la intención de pegarle a Francisco.

- ¡pinche cuita, ya lárgate de aquí!-, gritó enfadada Rosita mientras Chavelita se la llevaba del brazo.

Al día siguiente por la tarde Chavelita estaba en el rio lavando su falda y sus huaraches por el polvo de la zapateada, llego corriendo Rosita asustada y ansiosa.

-¡MANITA, MANITA! ¿YA SUPISTE LA MALA NOTICIA?

- no Rosita, ¿Qué noticia?, a ver cálmate, siéntate toma aire -.

- es que… Magdalena se mató –, Rosita se lanza a los brazos de Chavelita y comienza a llorar.

En la noche todas las personas del pueblo asistieron a la vela, estaba el cuerpo de magdalena tendido en el piso, sin color y con algunas marcas en la cara y en las piernas. Chavelita se acerca, la observaba con detenimiento, queriendo tocarla y no, pero después le toma la mano.

- dice mi mama que cuando la mano del difunto esta tieza y en puño cerrado se lleva a alguien-, comentó Rosita.

- si Rosita, mis papas dicen lo mismo-, contesta Chavelita con tristeza.

Ellas se retiran y entra Gabriela con Amalia.

- esto me huele a otro muerto-, dijo Gabriela observando una de las manos de Magdalena.

- pero se hará justicia manita – finalizó Amalia dirigiéndose al difunto.

Francisco no se apareció por ningún lado pero si la presencia de sus papas acompañaba a la familia de

Magdalena, flores, velas, banda, tamales, gente ayudando para dar de comer a las personas que hacían acto de presencia.

Al siguiente día, Chavelita sin querer escucho una conversación de don Chinto con tio mon acerca de su hija.

- voy a encontrar a ese desgraciado que le hizo la malda a mi hija, no se va a escapar-.

- no Chinto esperemos que la justicia divina haga lo suyo-.

- No Mon, yo lo voy a matar y va a sufrir el malparido lo que ella sufrió.

Era lunes por la mañana, el director comunicaba a todos los alumnos para izar bandera y antes de empezar el programa cívico pidió un minuto de silencio para la alumna Magdalena, había tristeza y disgusto por todos y a Gabriela se le podía notar su cara de inconformidad, después de haber hecho honores a la bandera el director informo que todos los alumnos que tienen participación en una disciplina se prepararan porque se aproximaba el interescolar en Juchitán y los motivos para que se trajeran todos los premios diciendo que se les iba apoyar con medio de transporte.

Mientras Francisco se paseaba en la escuela como si nada, Gabriela estaba inconforme y se le quedaba viendo con ojos de venganza.

- ¡nos vamos a traer el campeonato de futbol si o si perros! -, dijo Yoyo a sus amigos.

- y nosotras el de danza -, agrego Amalia.

-¡negro color de llanta!, digo pa que no se pierda la costumbre de chingarle el palo-, grito Yoyo y todos rieron, mientras Moy y sus amigos pasaban de largo.

- ¿Creen que haya sido Francisco?-, Dijo Cheque mientras iban de regreso a casa.

- shshshs, memela hombre, no ves que cuerdas escucha-, contesto Rosita.

- no seas exagerada, nadie nos escucha- comentó Pipo.

- bueno ya, no nos vamos a pelear por eso, mejor hablemos del viaje a Juchitán - finalizo Moy, subieron al micro muy alegres.

En la tarde sentada en su hamaca a la luz del candil de su chocita ella sabía que faltaba algunos meses para la Guelaguetza y Chavelita estaba pensando cómo le iba hacer para asistir, tenía que unirse a alguna delegación para presentarse en el lunes del cerro como siempre había soñado.

A la mañana siguiente cuando todos iban en el micro Gaby y Amalia comentaron burlamente con la intención que Chavelita escuchara.

-¡ya estamos así de nada para la Guelaguetza y no creo que tus papas te den permiso!-.

-¿a mí? A ti será Gaby, porque yo-.

Y las dos echaron a reír, Rosita y Chavelita se quedaron viendo una a la otra.

En la hora del Receso Chavelita se acerco a la maestra de danza y converso con ella.

- profa, me gustaría saber si hay algún grupo cercano que se este preparando para asistir a la Guelaguetza-.

-hola Chavelita, ¡claro que si!, realmente esperaba que alguno de ustedes se acercara y me preguntara-.

-¡donde, cuando, a que hora profa!-, dijo Rosita acercándose corriendo).

- es en Pochutla, los ensayos ya empezaron y ustedes deben de llevar una carta de autorización firmada por su tutor, ya les había comentado de eso, ¿se acuerdan?... bueno chicas, ustedes son excelentes no dudo que van a estar ahí, pero si es importante la firma, espero verlas ahí, no vemos pronto-, finalizo la maestra.

-¡y ora manita!, ¿Cómo le vamos hacer con el permiso?-, dijo Rosita.

-Tenemos que pensar en algo rápido-, contesto ella.

Pipo, Moy y Cheque las encontraron pensativas y preocupadas.

- ¿Qué les pasa?-. Preguntó Moy.

- es que ya empezaron con los ensayos para la Guelaguetza manitos, pero estamos penches todavía y necesitamos la autorización de nuestros papas-, contesto Rosita.

-pensemos en algo de hoy a mañana-, dijo Moy.

Todos iban de regreso a casa, Moy le tomo la mano a Chavelita.

- ¡te prometo que vas a cumplir tu sueño mi Chavelita, por esta que si!-.

- ¡Dios te oiga mi negrito!- contesto ella.

Llegando a casa Chavelita se sentía inquieta, no hallaba la forma de platicarle a su mamá lo de los ensayos, estaba segura que no le iba a dar permiso pero aun así quería intentar.

Cándida se encontraba moliendo su café cuando ella se le acerco.

- Mama tengo que decirte algo… mama para andele-.

- a ver pues muchita-.

-es que… pues…-.

- ándale pues chavela dime que tengo que moler esto antes que caiga la noche-.

- Quiero ir a la Guelaguetza, un evento muy grande que se hace en la capital y se ve en la tele, los ensayos ya empezaron pero como soy menor de edad necesito una hoja firmada por alguno de ustedes-.

-ay mija, pero que cosas dices Chavela, si tu papa ya mero no te deja ni ir a cagar, ora te va a dejar ir hasta allá, si nomas vas a la escuela de puro milagro y dinero no hay-.

-mama eso ya lo sé, tu fírmame te prometo por esta que no te voy a dar problemas con mi papa, los ensayos es después de la escuela, ya ves que él casi todos los días llega borracho ni cuenta se da-.

- ¡NO CHAVELA! , quítate eso de la choya, tú no vas a ir a ningún lado-.

-MAMA POR FAVOR, AYUDAME-. Suplicaba Chavelita

-¡AY CHAVELA, CHAVELA, QUE NO TE ESTOY DICIENDO, VE A VER A PANCHO MEJOR-.

-¡AY MAMA!-, dijo Chavelita enojada cuando corría hacia Pancho

-NO VAIGAS HACER UNA TONTERÍA CHAMACA BEMBA, PORQUE YA SABES COMO NOS VA A IR-.

Chavelita se fue acostar a su cama con su diario en el pecho y mientras pensaba como le iba hacer para ir a los ensayos, su mente no tenía límites para imaginarse parada en el escenario y que todo el mundo aplaudiera.

Los zanates y las chachalacas después del canto de los gallos en la madrugada acompañaban a Chavelita para ir a la escuela, llegando a la parada del micro ve Rosita a Chavelita.

- ¡manita ya se!-.

-buenos días asnito jejeje-.

- buenos dias Pancha jeje-.

- ¿y si firmas tú por tu mama?-.

- ¡estas luria!-.

- entonces no vayas a la Guelaguetza-.

- pus lo voy a pensar-.

- ay chavela hombre no tenemos tiempo-.

En la hora del receso Gaby pasó enfrente de los amigos de Moy y enseñó de manera pedante que sus papas ya le habían firmado su carta de autorización para asistir a los ensayos.

-¡pinche muchita patas de catre!-, exclamó Rosita.

-Rosita cálmate, déjala manita-, dijo Chavelita para tranquilizarla.

-si Rosita ella es así- agregó Pipo.

-es que me da ganas de meterle su revolcada, ni porque ya tiene el hoyo de lado a lado no se compone-.

-¡Rosita ya por favor, a veces no te fijas pa' hablar-, contesto Cheque disgustado, retirándose del lugar.

- discúlpame memelita-, dijo en voz alta Rosita yendo tras él.

De repente ve Chavelita a la maestra de danza y…

- ¡PROFA! -.

- que pasa Isabel, dime-.

- buenas tardes profa ¿me da una carta de autorización para que mis papas la firmen-.

-¿te dejaron ir?-.

- si profa-.

- qué bueno, ya verás que en el grupo de danza en el que estés van a calificar-.

- gracias profa, se la entrego mañana-.

-¡Rosita, ya tengo la hoja!-.

-bueno, ahora tenemos que practicar la firma de alguno de tus papas-.

Asi que llegando de la escuela, Chavelita hizo sus deberes y se fue al rio para verse con Rosita, empezaron a practicar entre risas y miedo.

Por otro lado Moy practicando en la playa con Pipo futbol.

- ¿Cuándo le vas a pedir a Rosita que sea tu novia pues coyon?-.

- ¿y si me dice que no?-.

-pipo, pipo o le dices tu o le digo yo.

-ya pues ya pues-.

Cheque no se encontraba ahí con ellos, pues aún seguía preocupándose por Gaby y se dio cuenta que ella iba al rio seguido.

-¿Qué haces espiándome?, ¿crees que no me he fijado en eso?-.

-discúlpame, si quieres me voy-.

-¿alguna vez has cometido algo que te carcome la cabeza?-.

-¿algo así como cuando le frunces el chompo a tu mama porque no quieres a la leña?-.

-no cheque ja, que divertido e inocente eres-.

De repente le da un dolor en el vientre y se sostiene de él porque sentía que se caía.

-te llevo a tu casa, no te ves bien, estas blanca-.

-No, no a mi casa no, esta bien solo deja que pase el dolor-.

Él se le queda viendo y se atreve a preguntarle.

- ¿estas embarazada?-.

-¡suéltame, ya se me paso el dolor!-.

-Gaby, puedes confiar en mi-.

- Me tengo que ir, debo poner el nixtamal-, finaliza Gaby mientras corría.

-¿el nixtamal?, creí que ella no hacia eso, tan creída que se ve -, pensó.

Chavelita entrego su carta con firma falsa y empezó a ir a los ensayos muy contenta, trataba de llegar antes que su papa o si llegaba después, era de esperarse que él estaba bien dormido ebrio.

Moy la acompañaba pues era su pareja de danza y no podían faltar los demás, aunque antes ellos dos habían hablado porque él tenía en mente que en cualquier momento iba enterarse de alguna visoria y por nada del mundo quería desaprovecharla.

Francisco andaba muy tranquilo y alegre en la escuela mientras Gaby no dejaba de pensar en su aborto y en la muerte de Magdalena, para ella era una injusticia que una persona como él anduviera como si nada.

La hermana de Magdalena fue con doña Casilda, estaba inconforme con lo que había pasado.

-buenas tardes doña Casi-.

- y ora chamaca que te trae por aquí-.

- vine hacerle una pregunta-.

- de que chamaca-.

-quiero saber quien violo a mi hermana-.

- y yo que voy saber muchita-.

- usted sabe, usted es vidente -.

- lo has dicho chamaca soy vidente no adivina-.

- ayúdeme, yo sé que usted puede decirme-.

 -mira chamaca, puede que te diga pero ven en dos días-.

Angelina se retira del lugar con la desesperación de saber.

El micro viejo arranco, el escape hacia tanto ruido que se escuchaba de cerro a cerro, pero ellos iban muy contentos hacia a un lugar de la región istmeña llamado Juchitán tierra de los muxes, de los totopos, las garnachas y del traje regional más representativo a nivel internacional y costoso del país.

Cuando llegaron a su destino cada quien se enfocó en su disciplina, cheque concursaba en matemáticas, Moy y Pipo en futbol y Chavelita y Rosita en Danza.

-¡vinieron esos mugrosos, el negro color de llanta y la india pata rajada junto con sus conchudas!-, dijo Yoyo a los demás, y echaron a reír.

La competencia de cada uno de ellos estaba reñida, los resultados estaban casi parejas, pero cada uno de ellos le echaban toda el hambre para llevarse un lugar.

-¡CHAMACOS!, FIESTA, FIESTA, FIESTA-, grito desde el pasillo del hotel cuco el más relajista de toda la escuela, todos se asomaron por la ventana.

La sandunga se escuchaba tan fuerte desde la calle, un desfile enorme, colorido, alegre y llena de cultura se admiraba.

-¡vayamos!-, dijo pipo.

- ¿¡Cómo!? –, respondió Moy.

- ¡ay chamacos, esto sucede una vez en la vida!-, tomo de la mano a Rosita y se dirigieron a la fiesta, bailando.

-¡Hola muchachitos!, ¿ustedes no son de por acá verdad cariños?-, preguntó Micaela con elegancia y despampanante, una muxe hermosa.

- ¡No!- contestó Pipo.

- ¡Ya se! Son de la costa y vinieron al interesolar!-.

- ¡asi es cariño!- contesto Rosita simpáticamente.

- ¡se escaparon! Jaja-.

-¡si!- Contesto chavelita tímidamente.

- tranquilos costeñitos de mi corazón, disfruten de su juventud, por valientes les invitare unas garnachas, ¿han escuchado hablar de nuestra comida?-.

- nunca- contesto Moy.

- bueno ahora mismo van a probar algo muy rico... doña Donashi, véndame unas garnachas para mis amigos costeñitos-.

Comieron a gusto con Micaela, de repente suena la martiniana y se paran a bailar... había tanta emoción, algarabía, felicidad, colores, sabores y la música de viento estaba inconmensurable.

De repente Pipo toma de la mano a Rosita mientras bailaban, la mira a los ojos detenidamente y le pide con muchos nervios que fuese su novia, Rosita se tira una carcajada.

- ¡te tardaste mucho bembo! –.

Sus hombros se entiesaron e imagino que las estrellas caían, Martiniana dejo de sonar en su cabeza, un silencio prolongado.

- ¡no seas menso Pipo tú ya eras mi novio desde hace mucho! -. Ella se acerca, le da un beso en su nariz y en voz baja dice.

- Tengo en mis manos tu corazón, se te cayó-, ella se reía, él reacciona la vuelve a tomar de la mano pero esta vez para salir corriendo entre tanta gente y grita.

- ¡CHAMACOS, ROSITA YA ES MI NOVIA!- , Moy le guiño el ojo y Micaela les hace rueda para seguir disfrutando de la música de viento.

Cheque no le quito la vista en toda la noche a Gaby, ella solo respondía con miradas frías pero sabía que si el mundo se extinguía en ese momento, lo elegiría a él para no pasarla tan mal, él no entendía porque seguía con esos amigos pero sobre todo con Francisco que le hizo mucho daño, ¿acaso tenía un plan para despedazarlo? O solo por orgullosa y poca dignidad.

Mientras tanto Angelina tan puntual llegó a la casa de doña Casilda para saber la respuesta que tanto esperaba y que no la dejó dormir.

- ¡muchita ni siquiera ha comido mi cuche y ya andes por aquí!-.

- buenos días doña Casilda, entonces que ha revelado-

- pos ora sí que me vas a perdonar chamaca pero no puedo decirte quien violo a tu hermana porque no le pude ver la cara al chamaco ese, se ve que es bien jijo de su pinche madre, lo que sí puedo decirte es que no fue la única víctima, en mi sueño vi a una mujer más, como de la edad de ella-.

-entonces no fue un señor, fue alguien de su edad-.

-así es chamaca, ¿le conociste un amigo o novio a tu hermana?-.

- No, ya ve que mi papa es bien bravo-.

-pus por ahí va la cosa chamaca-.

Angelina se retira dándole las gracias.

Las competencias estaban reñidas, pareciera que iban perdiendo en todas las disciplinas.

Llegando al hotel, Moy se saca los tacos y dice:

- ¡manitos! cuanto tienen de morraya , porque a mi casi se me termina y no se si me alcance para comer mañana-.

- nos hacemos la coperacha y si nos va alcanzar como de que no- dijo Rosita.

- ¡Memelita!, ¿Qué tienes?, te noto pensativo-, pregunto Chavelita a Cheque.

- ¿te hace así verdad?, dijo Rosita.

- Rosita ya, deja hablar a memela, por favor!, entonces, ¿Qué tienes? Ya dinos porque la última vez que te comportaste así fue cuando lo de Gaby o es ella otra vez-.

-pues es un poco la competencia me tiene nervioso pero también un poco ella-, contesto.

-¿Qué pasa con ella?- pregunto Moy y Pipo al mismo tiempo.

- la noto un poco mal de salud, hace un par de días la encontré en el rio, estaba sola, se me hizo raro, empezamos hablar y de repente le dio un dolor en el vientre que se tuvo que agarrar de mí y se puso blanca como que si hubiese visto a la matlacihua -.

-¿Qué será? ¡Ya se! No hay que descartar un posible embarazo-, dijo Rosita.

- ¡uy! Contigo ya me da miedo, pareces brujita! -, agrego Pipo.

- ¡Bruja tu cola, no hay que ser inteligentes pa saber eso,!-.

- oigan chamacos no se van agarrar del chongo ustedes ahora, bueno Memela sea lo que sea ella sabe muy bien que tienes su apoyo y si lo necesita se va acercar a ti ya veras, ahora lo que tienes que hacer es concentrarte en tu participación que es lo mas importante, confiamos en que te llevaras un premio- dijo Moy.

-¡y si nos escapamos otra vez!, digan que si- exclamo Pipo, Rosita salió corriendo jalando a Pipo y los otros no tuvieron opción.

Moy y chavelita, Rosita y Pipo tambien tomados de la mano paseando por las calles muy emocionados admirando todo ya que era la primera vez que salían de su lugar.

-¡cheeque!, ¿y memela?-, pregunto Chavelita deteniéndose porque no veía a su amigo.

- ¡miren allá esta, que va a estar perdiendo el tiempo ese, esta con Micaela ese bembo! -, dijo Rosita.

- ¡Hola mica, que gusto verte de nuevo!-, dijeron y la abrazaron cuando llegaron.

- ¿Qué vendes? –. Preguntó Chavelita

- tamales de iguana, de pollo y de venado y dulce de calabaza, mango y nanche, ¿Qué se les antoja mis costeñitos preciosos?-.

Ellos recorrían el lugar con la compañía de Micaela y mientras lo hacían ella les contaba acerca de Juchitan y sus costumbres también le ayudaban a vender su producto y se divertían juntos.

-Por ejemplo yo soy un Muxe – agrego de repente Micaela.

- ¿Qué es muxe?-, Preguntaron con curiosidad.

Se le define Muxe a una persona que nació hombre y asume roles femeninos en todos los sentidos, ese término viene desde la época precolombina, los zapotecas consideraban a los muxes un tercer genero de sexo, no menos ni más que cualquier otro ser humano. Tenemos una fuerte presencia social aquí en Juchitán que hasta se realiza una propia festividad que consiste en una vela llamada "las auténticas intrépidas buscadoras de peligro"-.

-¡Que emoción que no se le discrimina, sino hasta se le festeja!-, Dijo Chavelita.

- ¡claro, las familias adoran tener un hijo Muxe, bueno, también los hay quienes se oponen pero es raro!-.

- ¡me alegra que aquí respeten y los vean con amor!-. agrego Rosita.

- ¡si, si le preguntas a mi madre o a mi padre, te diran que somos una bendición además que les apoyamos en las tareas del hogar como el aseo o cuidar a nuestros hermanos pequeños si tenemos, así como también cuidar a nuestras madres cuando envejecen, ahí ya es una decisión muy personal-.

-¡Interesante, escuchar eso... pero me das otro tamalito de iguana jeje!-, dijo Cheque. Todos echaron a reír.

Seguían caminando y de repente a Chavelita le llamó la atención un cartel que decía lo siguiente:

-se ve que aquí la gente es muy alegre porque hacen muchas celebraciones, ¡miren un señor con un cocodrilo!-.

- No cariño, no es un cocodrilo, es una lagarta!-.

-¿¡una lagarta!?-.

- ¿¡y que hace una lagarta en una fiesta!?-.

- les explico, hay un lugar que se llama San Pedro Huamelula cerca de Huatulco y hacen una festividad en honor a San Pedro Apóstol-.

- ¿y que hace una lagarta en una fiesta?-.

-es un ritual sagrado, tradición chontal y consiste en un casamiento de la lagarta "niña princesa" (así se le llama) con la autoridad municipal frente a todo el pueblo, la prometida luce un vestido blanco a su medida, se le amarra el hocico y sus patas para mantenerla quieta y se le coloca un tocado de pequeñas flores-.

- ¿Y por qué hacen eso Micaela? -.

- lo hacen en representación de una alianza para el equilibrio entre el hombre y el animal, también exista abundancia y productividad en el campo y mar-.

- ¡Qué bonito!-.

- Oaxaca es mágico, en cada rincón tiene una historia para mostrarnos, es rico, muy rico en todo -.

-¡si, es verdad! ¿y tu porque sabes tanto?-.

¡PORQUE SOY OAXAQUEÑA, CARIÑO!, y porque tengo familia en Huamelula-,.

-gracias por este bonito recorrido nos gustó mucho, eres muy buena Mica intrépida, te queremos mucho-. Y todos la abrazaron.

Llegaron al hotel muy emocionados.

-¡ay, mis tripas!-, dijo Cheque.

- memelita, bueno vamos por una galletas aunque sea, porque la morraya hay que cuidarla para que nos alcance mañana-. Comento Moy.

Era lo último de las competencias, cheque se trajo el segundo lugar en matemáticas, danza con su ritmo y alegría costeño el primero al igual que el futbol, claro para la entrega de los premios como siempre Yoyo y Gaby querían ser los primeros en tomar el trofeo.

Se regresaron a su casa muy contentos aunque con las tripas rechinando de hambre, no les importaba mucho porque no cabían de felicidad por su triunfo.

Chavelita llego a su casa tomo su diario, fue a la cocina y vio en el tapesco frijoles refritos, le embarro a su tortilla, la enrollo haciéndose un taco y se puso a escribir todo lo que había vivido en su hamaca, era una manera de expresar toda la alegría que cargaba, ya que cuando quizo hacerlo con su mama, ella estaba ocupada lavando su ropa escuchando su radio viejo y con un moretón en el ojo.

En la escuela a la hora del receso, todos comentaban del interescolar y como siempre Yoyo de pedante, estaban muy a gusto comentado de lo que habían vivido cuando sorpresivamente ven llegar a Angelina la hermana de Magdalena.

-¿Qué hace aquí?-, preguntó Gaby a Amalia en voz baja.

-saber manita-, contesto ella.

Vieron que hablo con el director y se retiró.

- ¿Qué le habrá dicho? Dijo Amalia.

-no tengo ni una chingada idea-.

Todos los maestros y el director los felicitaron por su gran desempeño en Juchitán y mientras ellos hablaban.

- el negro color de llanta y su bola de indios, se escaparon-, dijo Yoyo.

- ¿¡que dijiste sarnoso!?-, contesto Pipo.

-¡muchachitos, que pasa ahí, ¿Quiénes se escaparon Edilio?-, pregunto el director porque logro escuchar. Ellos se quedaron mudos y tensos.

- para que hablas pendejo a todos nos van expulsar-, dijo Gaby en voz baja.

- Edilio te estoy hablando, repite lo que dijiste-, insistió el director.

-que ellos se escaparon-.

-¿solo nosotros wey?-, pregunto Pipo.

-ellos también lo hicieron director-, agrego Rosita.

- oiga, pero no hicimos nada malo solo quisimos relajarnos porque la competencia nos estresaba y además fuimos puntuales en todo que hasta nos trajimos la victoria-, comentó Peluco.

- mmmmmmmm, quizá tenga algo de razón su compañero, pero eso no se hace, debieron pedir permiso, por esta ocasión se las paso con una condición, toda la semana lavaran los baños y limpiaran las jardineras-.

-mmmmmta mano- contestaron algunos.

-¡Pipo se vino enamorado!-, dijo peluco en voz baja.

-¿y eso?-, Pregunto Yoyo.

- porque anduvieron paseándose con un puto-.

- ¿QUE DIJISTE PENDEJO?-, pregunto en voz alta dirigiéndose a él a golpes.

- a la dirección-, hablo el director.

- ay Pipo tuviste que cagarla, ¡se llama muxe pendejos asnorantes-, dijo Rosita.

-Rosa a la dirección también!-.

-pero director eso se llama discriminación y estamos defendiendo a nuestra amiga-.

-¡a la dirección dije!.

Esperaron a Pipo afuera de la escuela.

- ¡Que manito! ¿te expulsaron?-, pregunto Moy.

- por suerte no wey, ya ven como es ese de lloron, casi se le arrodilla al director para que no lo expulsaran y gracias a su humillación nos lo retiraron.

- menos mal- dijo Rosita abrazandolo.

-¡Miren ahí viene Angelina hacia nosotros! -, Dijo Rosita.

- buenas tardes chamacos –, saludo ella.

- vine porque quiero hacerles una pregunta-.

- ¿Cuál?-, Pregunto Chavelita.

- ¿ustedes le conocieron un novio o amigo a mi hermana?-.

Cheque y Rosita se pusieron nerviosos.

- No, ninguno de los dos y es que como estamos en diferentes salones-.

-¿y eso que tiene que ver Moy?, todos nos conocemos aquí-.

-bueno, bueno, calma las aguas Angelina entendemos tu dolor pero tampoco te bravees con nosotros-, dijo Rosita.

Gaby desde su lugar se imaginó de que se trataba todo eso y comentó con Amalia.

- manita, ¿crees que vino por lo de Magdalena?-.

- si Amalia, supongo que quiere saber quién la violo y vino a investigar a algún sospechoso -.

- ¿y si fue ese bembo? -.

- pues bien merecido lo tiene si lo refunden en la cárcel-

-¡sh!, ahí viene-.

-Buenas tardes- dijo Angelina.

-dinos- contestaron ellas.

-ustedes saben lo que le paso a mi hermana y el que lo hizo lo tiene que pagar, por favor díganme si vieron a mi hermana con alguien los últimos días, un amigo o un novio, lo que sea pero necesito saberlo-.

Gaby por dentro sabía que debía decir lo que había visto antes pero tenía miedo. De repente llegan los demás de su grupito y ponen cara de que esta pasando aquí, a Francisco se le veía muy tranquilo.

-No, no vimos nada, además Magdalena era de otro grupo casi ni la veíamos o bueno a veces nos la encontrábamos en los ensayos de danza pero hasta hi nomas-.

-gracias Gaby, no puedo creer que no vieran nada siendo la escuela tan chica, pero bueno-.

Gaby sentía una responsabilidad enorme de decir lo que sabía.

Cheque fue a pescar porque en casa no había que comer y de repente vio a Gaby sentada divisando el mar, se le fue acercando con cuidado.

¿Quieres sentarte?-, pregunto ella.

- ¿Qué ves?-.

- veo la inmensidad de su paz, pero lo mejor, es cuando lo siento tan lentamente y llena cada poro de piel, ¿sientes lo mismo que yo?-.

Él se quedó sorprendido por lo que había escuchado, pues afirmaba que ella no era lo que los demás pensaban, solo una chica frívola.

- ¡tienes razón! Porque tal vez no veo lo que tú ves en el mar pero a través de ti puedo ver la belleza de la que me hablas-.

Hubo un silencio y unas miradas profundas entre los dos.

-bueno agregando que me da mis pescaditos pa llevar pa comer-, los dos echaron a reír.

— Me voy, sigue disfrutando de esa belleza de la cual hablas-, mientras cheque se levantaba, ella veía como el mar sacaba un tronco con la ola constante.

-el mar saca lo que no le pertenece, ¿verdad?-.

-eso parece, tu deberías hacer lo mismo-, le respondió y volteo a verla con esperanza.

Moy tan disciplinado y hambriento por conseguir sus sueños no paraba con sus entrenamientos porque tenía la seguridad que en cualquier momento se iba a enterar de alguna visoria y quería estar preparado, por otro lado Chavelita estaba imparable con sus ensayos para el casting de la Guelaguetza, cada vez que llegaba a su casa rezaba porque su papá no estuviese o estuviese durmiendo, pero un día.

- ¿De dónde vienes chamaca?, ¡TE ESTOY HABLANDO CHAVELA! -.

-de persogar a Pancho, papa-.

-de persogar a Pancho y esa falda se la pusiste a él o que-.

-no papa, nos pidieron en la escuela practicar un paso con la falda porque es el examen-.

-¡quítate eso que traes en el hocico, pareces mujerzuela!-.

Chavelita disgustada se fue a quitar la tinta de los pétalos de una flor que se había puesto en los labios.

Pasaban los días y a Gaby le revoloteaba en la cabeza el decirle a Angelina que Francisco podría ser el violador de su hermana, porque él no merecía andar por ahí muy tranquilo y seguir dañando a más mujeres.

-le voy a decir a Angelina, ya no puedo más, si fue él merece la cárcel, no podemos seguir ocultando algo que puede causar el mal otro- dijo Gaby a Amalia.

- yo te apoyo manita-.

Asi que las dos se dirigieron a casa de Magdalena y cuando llegaron, Gaby sentía mucho miedo. Angelina las invito a sentarse.

-¿y ora? Que les trae por aqui-, Pregunto ella.

- pues, quizá yo sepa algo de la violación de tu hermana, pero no estoy muy segura-.

-te escucho-.

- días antes de que ella se quitara la vida, había observado que un chamaco de la escuela se le quedaba viendo amenazantemente y cuando eso sucedía Magdalena agachaba la cabeza, ella no era mi amiga íntima pero no necesitas serlo para darte cuenta de lo que es evidente-.

- ¿y quién es ese chamaco?-, pregunto Angelina con rabia y dolor.

- por favor, no vayas a decir que yo te dije esto-

-por esta que te lo prometo que no, ¿también te hizo daño?-.

- sí, él abuso de mí, él era mi novio, pero un día que hubo una fiesta por parte de la escuela mis amigos y yo bebimos, después él y yo nos alejamos entonces el quiso convencerme de tener relaciones sexuales pero yo no quería, insistió mucho y lo hice pero no con mi con sentimiento… puede que esto te ayude y se haga justicia-.

-¿Cómo se llama?-.- Francisco, el hijo de don Simeón-

Se fueron de la casa, Gaby sentía mucho alivio y Amalia la felicitaba.

CAPITULO XVI: LA VIDA ES UN QUESILLO

-¡Se le comunica a todas las personas de esta comunidad que el día de ayer por la tarde desapareció el hijo de don Simeón, su nombre es Francisco, si lo ven o está por ahí repórtenlo, por su atención gracias-.

por segunda y tercera vez anuncio doña Clemencia en una madrugada, las mujeres que estaban en el molino se espantaron, se quedaban sorprendidas pues desde un tiempo para acá, acontecimientos de mal agüero se venían suscitando.

-¿Qué dijeron Chavela?-, pregunto Candida.

- que el hijo de don Simeón esta desaparecido-.

- ¿tú conoces a ese chamaco? -.

- si mama, es mi compañero-.

-Pobre chamaco y de su papa-.

- pus si, pero no creo que este desaparecido ha de andar por ahí con Yoyo, no son muy buenos que digamos-.

-con tantas cosas mija que están pasando ya ni se sabe, ayer vino a gritar la lechuza y ya sabes que cuando grita es porque carne quiere-.

- saber mama, me voy pa la escuela-.

- tu papa ya está apunto de descubrirte eh, nomas yo te digo pa que no andes tan confiada-.

-ay mama ya casi es la selección a estas alturas se hubiese dado cuenta, usted pajita-.

-chamaca burra que voy hacer contigo-.

Cuando llegaron al salón esperaron ver a Francisco con Yoyo.

-¿y ora?, porque me miran así-, preguntó Yoyo.

-Porque pensamos que Francisco estaba contigo wei-, dijo Peluco.

- ¿y por qué conmigo?-.

-¿por qué es tu amigo?, ¿Escuchaste la bocina esta madrugada?-.

- que dijo o que-.

-que Francisco desapareció ayer por la tarde pendejo-.

-no chingues, no, yo no sé nada de Francisco-.

En la hora del receso.

- ¿manita estas bien?-, preguntó Amalia a Gaby.

-No-.

Ella se levanta y se dirige al baño, se sentía nerviosa y pensó que eso estaba mal, muy mal.

Ya era casi la hora de la salida, cheque recibe un papel escrito por Gaby que decía lo siguiente: te veo en el rio.

Iban de camino hacia su casa.

-¡memela, nos vemos en la playa, hermano ya no faltes!-, grito Moy.

- no voy a poder hermano, perdón -.

-¡Que pedo con el memela! -.

- saber Pipo-.

-¡Manita, ya casi se acerca lo de la selección, que emoción!-, expresó Rosita.

-ya Rosita, no quepo de la emoción-.

-¿y esa carita?-.

-escuche decir a una chica que si te seleccionan, el traje te lo presta la casa de la cultura pero…-.

- perooooo Chavela ¿Cuál es el mendigo pero?-.

- los accesorios no, hay que comprarlos y posiblemente estén caros-.

-pues los compramos ¿Cuánto es caro?-, y las dos echaron a reir.

Y en el rio Cheque con Gaby, ella llegó abrazarlo sin decir nada, él la amo durante ese tiempo… le quito las lágrimas y preguntó.

- ¿quieres decirme que te pasa?-.

-Francisco desapareció y no es una casualidad-.

- ¿te sientes culpable?-.

-si-.

- pero tú ¿Por qué?-.

Ella temblaba de miedo, ya tenía un aspecto físico desgastado y ahora con lo de francisco peor.

—no te preocupes Gaby, tomate tu tiempo, podemos estar en silencio-.

ella se acorruco en los brazos de él y se imaginó abrazando a su mamá en posición fetal sintiéndose protegida contra el mundo.

Después de un rato ella se tranquilizó.

-Yo fui a la casa de Angelina hace un par de días y le conté lo que había visto antes de que Magdalena se suicidara-.

- pues hiciste lo correcto, te felicito-.

- eres muy inocente para entender-.

-no lo creo, se por donde vas y no es tu culpa, además no podemos decir misa cuando aún no se sabe nada de él, recuerda que es una persona que le vale y tal vez esta por ahí o se regresó a la ciudad-.

-pues ya no sé qué pensar-.

de repente le da dolor una vez mas en el vientre.

- ¿todo bien?-.

- solo es un dolor, pero es de Andres-.

-¿de Andres?-.

-si, el que nos visita a las mujeres cada mes-. los dos echaron a reír.

-¿segura?, puedes contarme lo que sea yo no te juzgare-.

-estuve embarazada y fui con doña Casilda para que me lo sacara-. Él la envolvió en sus brazos de amor mientras ella parecía una lluvia.

Habían pasado ya tres dias de la desaparición de Francisco, era toda una noticia en la zona.

Los nervios de Chavelita cada dia eran más intensos pues ya se acercaba la selección, había sido constante en sus ensayos, se ganó un lugar en el grupo de danza de la casa de la cultura por su disciplina y talento aunque el miedo de que su papá se enterara estaba ahí presente pero no le importaba.

Era domingo un día en donde se podían reunir todos, no lo habían hecho desde hacía varias semanas.

Se echaron andar con cuerdas en el campo y encontraron un lugar con sombra y un tronco caído, dijeron que era un buen lugar para platicar... Moy abraza a Chavelita y dice.

-ya estas a un solo paso princesa de estar en la Guelaguetza-.

- siiiiiii, aunque tengo muchos nervios-.

-lo vamos a lograr, por esta que si-.

¡si mi negrito!-.

-¡ya verán que nos van a seleccionar, si somos chingones!-, agregó Rosita.

-¡a huevos que si!-, contesto Pipo.

-¡y yo soy su fan, quiero que triunfen, los quiero mucho!-, dijo Cheque.

-¡memelita, tu eres muy inteligente y se que muy pronto encontraras ese sentido de la vida!-, dijo Chavelita.

— gracias mi chavelita, pasando a otro tema, estuve con Gaby-.

-uuuuuuuuuuu, son novios, son novios, ya se supo la conasupo!-, dijeron y rieron.

—no, no chamacos pues, no somos novios, ella se siente culpable y tiene mucho miedo-.

¿Por qué?-, preguntó Chavelita.

-porque ella supone que quizá la familia de magdalena le hizo algo a Francisco-.

- ¿y ella que tiene que ver ahí?-.

-pues fue a la casa de Angelina y le conto todo lo que había vivido con él, también le dijo que antes de que Magdalena se suicidara ella noto un comportamiento muy peculiar entre Francisco y su hermana, dice que después de habérselo expresado se fue tranquila a su casa pensando que lo demandarían pero lo duda mucho-.

suspiraron… y Chavelita recordó algo y dijo:

- tal vez estoy hablando de mas pero puede que Gaby tenga razón porque en el velorio de Magdalena escuche decir a don Chinto que iba a matar a esa persona que le había hecho daño a su hija-.

-bueno, las personas decimos cosas cuando estamos dolidas, tal vez solo fue eso- comentó Moy.

-eso si-. Agregó Rosita

- pero tiene mucho sentido Moy-, dijo Pipo.

- también me platico que estuvo embarazada y que se lo saco-.

- A la mecha, que fuerte- expresó Rosita.

- pobrecita, no quiero estar en su lugar, pero que bueno memelita que tu estas para escucharla, eso le ayuda mucho-, agregó Chavelita.

- ¿y ya le dijiste que te gusta?- pregunto Pipo.

- no, yo creo que no es el momento-.

-tienes razón- finalizo pipo y todos lo abrazaron, escucharon unos ruidos en el monte pensando que era una víbora pero no, era una armadillo con sus armadillitos.

- no cuerditas, deja en paz a la madre con sus hijos-.

Cuerditas les comenzó a ladrar.

– cuerditas, cállate los asustas-.

Después de ver semejante ternura, cada quien se fue a su casa.

Cheque volvió a verse con Gaby, pues ella se sentía apoyada y protegida, una vez que charlaron tomaron camino para romper un poco con la rutina, entonces…

-¡huele a mierda!- dijo Gaby tapándose la nariz.

- puede ser que haya muerto una vaca o un perro-.

-saber-.

siguieron caminando un poco rápido para alejarse del olor pero cuando pasaron enfrente de una parota (árbol grande y frondoso) cheque se dio cuenta que habían escrito algo y decía lo siguiente: "aquí yace un animal".

-¡Gaby!-.

-¿Qué es?-.

Él se fue acercando y noto primero un zapato rojo.

-¡MIERDA!-.

¿Qué es cheque? ¡me asustas!-,

- ¡Puta madre, puta madre, es una persona!-.

-¿QUEEE?-.

-¡si, vámonos, vámonos de aquí!-, tomándola de la mano.

- espérate y si es Francisco-, se quedaron viendo.

-¡vamos avisar a la policía!-.

-no, no, no, no-.

-Gaby es una persona-.

- y si es Francisco-.

-¡tenemos que avisar a alguien-.

- pero nosotros no-.

-Gaby, por favor tranquilízate, bueno, yo le digo a mi mama y ella que se encargue de avisar, ¿esta bien?, pero tranquilízate, por favor-.

Cheque llegó a su casa a contarle a su mamá y su mamá le aviso al delegado de la comunidad, parece como si hubiesen alborotado un avispero.

-¿Cuerditas que tienes?-, Moy se asomaba en la calle para ver si veia algo extraño que hacía que su perro ladrara.

¿Qué es mama?-, preguntó Cheque espantado cuando la vio llegar.

- ¡ay mijo, pues se trata del hijo de don Simeón, ¿ves que estaba desaparecido?-.

-si-.

- pues es el que estaba ahí en el árbol, lo machetearon, la policía dijo que lo torturaron y murió desangrado!-.

Cheque no podía creer lo que estaba escuchando, se puso blanco y pensó en lo que había contado Chavelita.

Al siguiente día, temprano salió de su casa para contarle a Moy, cuando llego, por suerte estaba con Pipo, justo iban a surfear.

- es francisco -, les dijo.

- ¿Cómo?-.

-no se han enterado?-.

- ¿Ya aparecio?-.

-si-.

- ¡Que bueno, ¿no?-.

-Ni tanto porque esta muerto-.

¿Queeee?, ¿Cómo sabes tanto?-.

-porque Gaby y yo lo encontramos ayer-.

Dejaron las tablas de surfear y se montaron en sus bicis Para ir al lugar donde había visto el cadáver.

- Es aquí wey, aquí lo encontramos-.

- ¡a la mecha huele a cuita todavía!-, expresó Pipo con asco.

— ay hermanito si ese asunto es reciente!-, dijo Pipo.

- ¿Quién habrá sido? Y todavía escribieron eso, que perro-. Finalizó Moy.

Francisco era una persona despreocupada pensaba que lo que había hecho estaba bajo su control y que podía hacerlo cuando él quisiera y a la hora que él quisiera, pero él no se imaginaba que cuando las personas estaban llenas de ira son capaces de cualquier cosa.

El día de su asesinato, él venía de ver a su novia y alguien lo sorprendió en el camino.

- ¡quiubole a donde, a donde! -.

- ¿Qué quieres? – contesto Francisco sin importancia.

-¿te suena familiar Gaby, Magdalena?-.

- ¡a ver a mi me vas hablar claro!-.

- ¿ha cuantas más has violado, creíste que te ibas a salir con la tuya?-.

- ¿De qué hablas?, si te crees tan de huevos quítate la puta bolsa y da la cara, no seas pendeja ni para una máscara tienes, pinche gente pobre me caga la gente como tú -.

-¡te recuerdo hijo de tu pinche madre que tus padres son de aquí y aunque hayas nacido sepa la chingada en donde, sigues teniendo sangre indígena pendejo-.

-pinche loca, hazte a un lado-, dijo francisco empujándola y logrando romperle la bolsa pero no pudo verle la cara.

- ¡pinche india!, tú piensas que me das miedo, me das risa-.

- deberías porque hoy es tu ultimo respiro y te aconsejo que respires muy bien-.

- Mira, hoy estas de suerte porque en estos momentos ya te hubiese desnudado-, expreso Francisco burlamente.

-¡a ver atrévete asqueroso!-.

-no, la verdad hoy ando de flojera y quien sea que eres ni te me antojas-.

-para los enfermos como tú no les importa quien seas!-.

- me estas cansando india asquerosa, lárgate de aquí o-…

-o que…ándale dilo no seas puto, yo no te tengo miedo!-.

- ¡jajajajaja-.

-¡tu violaste a Gaby y a Magdalena y por tu culpa una se mató!-.

- A mí eso que pendeja!-.

- ¡estaban embarazadas y una aborto, como fuiste capaz de todo eso maldito enfermo!-.

- ellas fueron unas ofrecidas, les gustaba la mierda, eran bien putas-.

-eres una pinche cuita con patas, mereces estar muerto pinche cabron-.

- que me vas hacer tu india pata pelada-.

Al voltearse Francisco, ella saca el machete que había metido en el monte, se acerca en cuclillas, alza el machete y le rompe su playera-.

-¡QUE HACES… AUXILIO!-.

-esto es por ellas-.

-¡AUXILIO, ME QUIEREN MATAR!-.

-¡sigue gritando como perro a medio morir, nadie te va a escuchar!-.

Ella estaba eufórica, primero le rayo un mejilla, después una pierna para que no pudiese huir, le corto un dedo y así hasta que él ya no podía arrastrarse, cuando ella sintió que había terminado, se sentó al lado de el para ver como moría lentamente.

Al final lo llevo bajo la parota, lo tapo con una bolsa negra, pero sintió que olvidaba algo…regreso le cortó el miembro y le escupió, con el machete escribió en el tronco del árbol: "Aquí yace un animal". Se retiró, más adelante dejo caer el miembro, le echo diesel y un cerillo. No sintió remordimiento, era más su calma que había hecho algo por ellas.

-¡Vámonos!- Dijo Cheque, nos ven aquí y no quiero que inventen cosas.

Había un alboroto por la muerte despiadada de Francisco, en la comunidad no se hablaba mas que de eso, los papas de él estaban inconsolables y pedían justicia pero no había rastro del asesino, preguntaban en la escuela, en las casas y nada.

Los días pasaban y seguían sin resolver el caso del asesinato de Francisco.

La playa, el rio, el monte eran los únicos lugares de distracción que tenían los jóvenes asi que una tarde tanto el grupo de amigos de Yoyo y el de Moy, disfrutaban muy a gusto en la playa, bueno, cada quien por su lado, nadaban, surfeaban, comían coco, pescaban y echaban las cascarita…

-¡Que pues, echamos la cascara o que!-, propone Yoyo.

- ¡Sale pues!-, contesto Moy.

Todos se acomodaban en sus posiciones, como siempre Yoyo jugando sucio, al final nadie ganó porque Pipo se iba agarrar a golpes con él y se apartaron.

Se sentaron a ver la puesta de sol y comenzaron a chivear a Cheque.

-¡uuuuu, le gustas a la chocosa de Gaby, mira como se te queda viendo!- dijo Rosita.

-¡si, cierto memelita le gustas!-, agregó Chavelita.

- ¡pero su choncanteria puede mas que otra cosa, no ilusionen a mi amigo pues muchitos!-, pipo salio en su defensa.

- Si nos llevamos pero solo somos amigos!-, contesto Cheque.

- bueno Memelita algún dia hermano quizá ella se deje caer en tus bracitos de chocolate-, finalizo Moy.

Ya no hablaban del tema de Francisco porque les causaba tristeza y lo mejor era olvidarse de ello.

Cada quien tomo su camino a casa despues de disfrutar al sol meterse en el mar.

Cheque iba a toda velocidad en su bici antes de se hiciera muy noche pues él le temia a la Matlacihua, y de repente cae porque se poncho una llanta asi que llego a su casa a pie.

- ¡Mama, mama buenas noches, ya llegue!... ¿mama?, mama-.

Ve que su mamá esta sentada al lado de su papá en su catre y le pregunta:

-¡qué le pasa a mi papa!-.

-ay mijo le dio dengue y pus esa cosa solo se controla con puro paracetamol, no se le quiere bajar la fiebre-.

- vas a ver que papa se va a recuperar-. Suspira.

El dengue es una enfermedad que se transmite por un mosquito, se siente dolor de hueso, de cabeza y una fiebre intensa que te debilita mucho y peor si no te alimentas bien.

Así que no era buena noticia para Cheque el saber que su papa podía estar al borde de la muerte.

Moy por su lado, seguía soñando.

- Moy ven pa´ca- , dijo su mamá.

- vas a ir allá de mama Sotera y le vas a llevar unas cositas-.

-Si mama-.

-ayúdame a empacar lo que te vas a llevar y cantado el gallo te me vas pa´que llegues a buena hora con mama So-.

Él salió disparado con su bici a la casa de Pipo y Cheque para invitarlos.

-¡Memela!- gritaron cuando llegaron a su casa, su mamá de Cheque salió a recibirlos.

- no esta chamacos, se fue a la leña-. Contestó su madre.

De repente sale de entre los matorrales Cheque.

-¡hermano, te ayudamos, a ver trae pa´ca, venimos a invitarte-.

-¿para?-.

-iré a Corralero con mi mama Sotera, ¡vamooos!-.

- no puedo ir, que mas quisiera acompañarlos chamacos pero no tengo dinero y papa esta mal-.

- ¿Qué tiene tu papa?-.

Entran a la chocita y él con tristeza contesta:

-Tiene dengue-.

—No chingues hermano, vas a ver que se va a poner bien-.

—vayan ustedes y se divierten por mi!-.

-te vamos a extrañar!-.

-lleva a tu chavelita y tu a tu Rosita-.

-estan ensayando para la Guelaguetza vez y pus aunque quisiéramos sus papas se las chingan -.

Estuvieron toda la tarde con él acompañándolo y de ahí se retiraron.

La abuela de Moy se llamaba Sotera y vivía en Corralero, un pedacito de África, de donde era toda su familia.

Moy se caracterizaba por ser sociable y alegre pareciera que la vida no le dolia.

Ese mismo dia que llego, busco la manera de cascarear, encontró una pelota ponchada de basquetboll que tenia su mama So (asi le decía a su abuela) debajo de su catre, se dirigio a la playa junto con Pipo, ahí ellos hicieron de unos amigos y comenzaron a jugar para después surfear antes de que callera el anochecer.

Al siguiente amanecer se fue de pesca, consiguieron panga con sus nuevos amigos y se fueron a la rebusca, contento con lo que había a su alrededor él dijo que estaban en la gloria pues había demasiada vegetación, cocodrilos, aves y manglares.

Al termino del medio día regresaron con sus manos abundantes, ya cansados Moy se metio a la hamaca para descansar, mientras que su abuela asotaba la ropa, su cuche se refrescaba en el agua que corria de su lavadero y escuchaba la estación de música en su radio vieja, ella se detiene para ofrecerles de comer y un poco de agua…

Moy pensaba y pensaba…

-¿En qué piensas nito? Pregunto Pipo.

- a veces siento en mi corazón que estoy siendo muy exagerado con mis sueños y que es imposible alcanzarlos-.

- Cálmate nito, no pienses así, verdad de Dios que tu vas a alcanzar tus sueños, eres la mera verdolaga, además tu eres el que me da la fuerza para seguir y ora te me estas doblando como arco de flor de cempasúchil, no seas gallina-, entonces pipo se levanta de su concha y comienza a cacaraquear.

Y de repente la radio:

-Después de haber escuchado ese cumbión que nos pone a toda la raza a bailar, nos pasamos a una información que a todos los apasionados del futbol les puede interesar, los garroberos de Oaxaca mañana estarán haciendo visorias a partir de las 9 de la mañana, no pierdan esta oportunidad chavos, ustedes pueden ser el siguiente "patas locas" y bueno pasamos a la siguiente rola del momento que nos prende-.

-¡ya ves, wey! – dijo Pipo con emoción.

Moy salto de la hamaca y dijo:

-¡Esta es mi oportunidad hermano!, ¡escucho mama So! ahora si es mi momento de brillar como el mar en luz de luna-.

-Asi es mi negro-. Lo abrazo doña Sotera.

Después reacciono y se dio cuenta que no traía vestimenta adecuada para las visorias, busco las mejores ropas que tenía con la ayuda de Pipo.

En la tarde noche, estaban en la laguna acostados y viendo la constelación…

-me gustaría que Cheque, Rosita y mi Chavelita me vieran mañana, estoy muy nervioso, me siento muy feliz pero con miedo, hermano-.

-es normal amigo, alguna vez escuche decir a Chavelita:

- si no sientes miedo o nervios es porque ya estás muerto". ¡Y TU ESTAS VIVO HERMANO, ASI QUE A DARLE CON TODO MAÑANA WEY!-.

-mis tacos wey estan pal perro-.

-wey el futbol se juega con la mente no con los tacos, los tacos son solo un accesorio-.

-¡gracias hermano, no me equivoque al elegirlos como mis amigos-.

- A mi también me gustaría que memela, Chavelita y mi Rosita, estuviesen aquí-. Suspiro Pipo.

-pero bueno wey, llegaremos allá con una sorpresa, ya veras-. Finalizo Moy.

Por otro lado Cheque estaba preocupado por la salud de su padre ya que estaba luchando entre la vida y la muerte, Rosita y Chavelita estaban nerviosas porque se iban a presentar al casting.

Moy no tenia ni la menor idea de como llegar al lugar donde iban a estar los garroberos de Oaxaca, pero mientras iban en la bicicleta preguntaban donde quedaba el campo, de repente ven a un señor pescando en su lancha, se acercan y le preguntan:

-señor, señor, ¿usted sabe donde queda el campo es que ahí va haber unas visorias?-. Pregunto muy agitado Moy.

- ¡claro muchachitos, ¿vienen a probarse?-. Dijo el sr. muy alegre.

- Si y creo que se nos esta haciendo tarde-, respondió Pipo algo desanimado.

- me llamo Prócoro, ¡pero no se me aguiten hombre!, queda del otro de la laguna, yo los llevo, de esa gente quiere México con huevos, ustedes me recuerdan a mí-.

-De verdad don Prócoro, muchimas gracias, ¿la baica donde la dejamos? –.

-No se preocupen, la subo a mi lancha, no pasa nada-.

- ¿y por qué dice que le recordamos a usted?-.

-porque mi sueño fue ser un jugador profesional y lo logre pero me chingue la rodilla-, rio don Prócoro.

- cuéntenos más don Prócoro-. Dijeron mientras se dirigían en lancha.

-Si, fui muy bueno en mis tiempos, jugué en esta liga, me divertí mucho, aprendi de los mejores, pero tuve una lesión muy fuerte en mi pierna izquierda y ya no pude seguir y ni modos muchachos en la vida tienes que aceptar las cosas que te pasan y siempre ser agradecidos, ahora soy pescador y la gozo muchísimo, no a todos les pasa lo mismo, espero que a ustedes les vaya más que bien.

- Tiene razón aunque a veces sea difícil aceptarlo, ¿verdad? porque se esta hablando de su pasión don Procoro-.

- Si claro mi negro, pero lo que es por amor por amor se acepta-

- ¡que sabio es usted!-

-la vida es nuestra mejor maestra, pongan atención muchachitos-

-muchas gracias por su apoyo. Nos enteramos de casualidad estando aquí con mi abuela Sotera y no dudamos en venir-

-Sotera, una chingonaderia de negra por Dios Santo, me la saludas por favor. No muchachitos no es casualidad lo que ustedes están pasando, es obra de Dios, el universo o la vida, no sé en que crean, pero ustedes pidieron esto antes y se los están regalando, lo importante es que lo están aprovechando, nunca dejen pasar por desapercibido las oportunidades que la vida nos da-

Ellos se sentían muy tranquilos por lo que habían escuchado.

-bueno muchachitos, llegamos, aquí los dejo, recuerden esto a veces la vida no nos da lo que queremos no porque seamos malos sino porque nos esta preparando para algo muy extraordinario, pongan el alma, el amor y no olviden nunca disfrutar del proceso que el resultado viene solito, éxito-.

Se despidieron, tomaron su bicicleta y se dirigieron al campo.

Cuando llegaron vieron a Yoyo, Chema y Peluco.

-¿y estos como se enteraron?-, dijo Pipo.

- Saber, pero amigo concentrémonos en lo nuestro-.

-¿y ahora que hacemos?-.

- Pues, preguntemos-

Mientras que Yoyo y sus amigos se les quedaban viendo burlamente porque habían llegado algo tarde y todos los equipos ya estaban formados para empezar con el juego.

-Chingasu creo que llegamos tarde-.

-No wey, vamos a decirle a alguien que nos ayude-.

-¡pero como wey!, ya están todos formados.

Entonces dijo Pipo...

-Hermano vente, vamos hablar con ese que esta ahí y nos de chance-.

Se acercan y le preguntan...

-Oiga, venimos a probarnos, no somos de aquí, denos chance a mi amigo y a mi-.

-ya no se puede jovencitos, los equipos ya están formados-.

-andele, venimos de muy lejos-

- Esta bien, siéntense, solo tendrán 10 minutos-

- Si, si, no importan-

Se fueron a banca y sus corazones estaban a punto de salirse...

-wey, solo tenemos 10 minutos-

-suficientes pa echarle todos los kilos Pipo, hubiese sido peor que nos echaran-.

-Si, tienes razón.

Entra Pipo primero a la cancha y todo bien, despues gritan: - ¡hey tu, a la cancha!-, Moy se persigna, da todo lo mejor de si, tira a gol en chilenita y uno de los jugadores profesionales dice: -felicidades, tienes mucha potencia en tus piernas bro-.

Se acaba el tiempo de Moy y esperan impacientemente los resultados en la banca, Yoyo parecía estar seguro de su participación, no le fue tan mal y desde el otro extremo su mirada de retador era indiscutible.

Después de un largo tiempo de espera, los formaron para dar la información.

-Gracias a todos por venir. Los nombres que mencionaremos a continuación son los seleccionados. Bulmaro Rodriguez, Gamaliel Arellanes, Oscar Herrera, Edilio Ramirez, Sasu Dinodoro, José Perez-
…

Moy no escuchaba su nombre y veia que la lista de nombres se acababa.

Pipo se le quedo viendo a Yoyo con mucho coraje ya que se burlaba de ellos porque no fueron seleccionados.

-vamonos wey-

Moy sentía que no tocaba el suelo, se sentía perdido y triste, no hablo en todo el camino hacia su casa, era como si le habían arrebatado todos sus sueños.

-Mama So- dijo y corrió abrazarla llorando, soltando sus tacos viejos.

Al siguiente dia, arreglaron sus cosas para regresarse a su comunidad.

-mi negro, vete tranquilo papacito, diste todo lo mejor, la vida tiene algo preparado para los dos, verdad de Dios- dijo su abuela.

-Mama So, no puedo creer que a ese chamaco grosero se lo llevaron-.

-¿Qué chamaco grosero?-

-es un compañero de la escuela mama So y todavía se burlo de nosotros-.

-¡ay mijito, no te preocupes hombre!, estoy segura que habrá otras visorias y te lo vas a topar porque arrieros somos y en el camino andamos papacito, déjalo, que lo disfrute, que lo goce-.

-por cierto eso me acabo de recordar a don Prócoro, un don que nos encontramos ayer...

-así sí, mi amiguísimo ese negro chirundo, a pues ahí esta un ejemplo, cuando entonces ya no tenga solución como le paso a procuro, se rinden muchachitos-.

-si mama So-.

Ellas los persigna y se regresan.

Chavelita 3 dias antes se había desgarrado la pierna por tanto ensayo, el echo de calificar en el casting le había causado una exigencia interna porque sabia que si no se disciplinaba y no era perfecta en su baile la iban a descalificar en automatico como le había pasado a una de sus compañeras que fue impuntual, irresponsable e indisciplinada.

Pero aun asi Chavelita seguía yendo para acomular puntos, por las noches con todo el dolor y llorando se frotaba con albahaca y se hacía te de hoja de hierbasanta para desinflamar, se echaba el agua lo mas caliente que podía, al final se amarraba un trapo para que al otro dia no le causara tanto problema.

El proceso de los ensayos fue bastante duro para ambas, porque se requiere de condición física.

Pertenecer al grupo de danza que representa a la región costa en la Guelaguetza, es verdaderamente un trabajo muy especial, ya que se da a conocer a todo el mundo un baile folklórico digno del estado de Oaxaca.

Rosita, Cheque y Chavelita se encontraban en la playa sentados cuando por detrás los sorprenden Pipo y Moy, se abrazaron como si llevaban muchos años sin verse...

Se platicaron lo que habían pasado y se dieron ánimos, mientras que Chavelita expresaba la angustia de su pierna y los nervios que tenia para el casting.

Cascarearon en la playa y después de ver el atardecer tomaron su camino de regreso a casa.

Chavelita llegando a su casa tomo su diario y escribió como todas las noches a la luz del candil lo que le paso en el dia.

"Hoy fue un dia muy bonito porque vi a todos mis amigos juntos, mi negro chulo, tan alegre, educado y con un corazón enorme, estaba triste por su descalificación en la visoria con los garroberos de Oaxaca, ya saben un sueño que tiene desde pequeño y que le ha puesto todo el amor con la esperanza de que algún dia llegará a ser profesional, sin embargo a veces lo que queremos no puede ser al instante, ¿por qué?, no lo entiendo, pero; se que si lo sigue intentando lo podrá lograr. Pipo, mi querido Pipo, tan simpático y lindo, con ganas de sobre salir al igual que todos, no sabia lo que queria pero se dio cuenta que en su corazón habitaba un sueño y que por temor no queria aceptar, con la oportunidad que tuvo en esa visoria pudo confirmar que a eso se quiere dedicar toda la vida, mi precioso Cheque, nuestra memelita como de cariño le decimos, tan noble, inteligente y listo, no sabe con exactitud lo que quiere pero si reconoce que es muy bueno en los numeros y que no deja pasar las oportunidades que se le presenta en competiciones de conocimiento, estoy segura que algún dia escuchara a su corazón y encontrara lo que tanto busca. Mi rosita, mi hermana de corazón, tan brava, alegre, de carácter fuerte y chistosa, siempre tan protectora y defensiva, con ganas de golpear a todo el mundo, claro siempre con una razón pero sabemos que las cosas no se arreglan de esa forma, es imparable y aferrada, tan llena de vida y de pasión, su sueño es que nuestro sueño se cumpla, pero ella no sabe que mi sueño todos los días es verla sonreír, decir alguna ocurrencia y verla feliz.

La vida de cada uno de nosotros ha sido elástica y moldeable y comienza por alguien, ¡vaya! Como un quesillo, ni más ni menos, ¿conocen el quesillo?, seguro que sí, ¿alguna vez lo han deshecho por completo hasta el final y después volver hacerlo bolita?, yo si (me parece divertido) y pienso que tu vida es así, al principio alguien te tiene que formar como cuando una artesana de la puntita toma una hebra, ahí comienza el enredo y cada vez se hace más y más grande, pero en este caso es tu madre o tu padre que te toma de la mano para enseñarte a caminar y ahí vas como todo un inexperto, avanzando con lo que te da la vida, a veces bonita y a veces inexplicable e irreversible, haciéndote cada vez más grande con tus miedos, tus fortalezas, debilidades, sueños, creencias, amistades, experiencias, todos los días con algo nuevo que aprender.

El quesillo ¿tiene un final?, quizá en un plato de comida a tu gusto, en un taco, en una quesadilla acompañada con flor de calabaza, en una botana, en una grandiosa tlayuda o en trozos en caldo de frijol parado, pero en su proceso de realización el artesano es el que decide el tamaño y cuando terminar, en este caso la vida es tuya, se te ha dado para cultivarla y para moldearla, tu decides que tan grande quieres ser para ti mismo, y yo quiero ser gigante y quiero terminar cuando los sueños de todas las personas del mundo se hayan hecho realidad.

Esta soy yo y mi vida, es un quesillo.

Amanecía, los gallos cantaban, era un día muy importante para Chavelita porque ya era el casting, había planeado con Rosita pasar por ella.

Comenzó su día normal, sin hacer sospechas, lavando el nixtamal para ir al molino, haciendo las tortillas, dando de comer a los pollos y a panchito.

Tomo su bolsa, sus sueños y un bote con agua para el camino por si le daba sed, se despidió de su madre dándole un beso en la frente sin hacer mucho ruido para no despertar a su padre que una noche antes había llegado borracho, Cándida solo movió la cabeza negativamente.

Agarro camino y se encontró con Rosita.

-nuestro momento ha llegado Chavelita-.

-si Rosita, estoy nerviosa, ¿tú no? -.

-sí, pero vamos a darle hermana que esto es mole de olla-.

Las dos echaron a reír.

Esperaban el micro, Chavelita un poco impaciente.

Desde lejos vieron el micro, le hicieron la parada y subieron, se sentían muy contentas, pero de repente el micro para a 10 metros de su arranque y entonces…

-CHAVEEELAAA-. gritó Albino enojado.

Su falda rojo amanecer caía como una hoja en otoño.

SOBRE EL AUTOR

Isabel Herrera (28 octubre 1993, Oaxaca, México) de profesión es licenciada en administración de empresas, por vocación es alimentadora de almas, criada en una zona rural donde no hay posibilidades de crecer y ver carencias desde niña la hizo inquieta por la vida y madura a temprana edad.

Descubrió que le gustaba el desarrollo humano a la edad de 12 años gracias a la asignatura de Formación Civica y Ética y a partir de ahí la vida poco a poco la fue colocando en este mundo integral.

Con mucho gusto te comparte esta historia que vivia dentro de ella y que quiere que la leas para que tomes impulso.

Te abrazo con el alma hermoso ser infinito.

Redes sociales:

FB: Isabel Herrera

IG: El Lenguaje De Mi Alma

EMAIL: isa28.jarquin@gmail.com

SOBRE EL COAUTOR

Carlos Gajardo (1979, 23 de septiembre, México), productor, director fotógrafo, realizador, operador de cámara y steadicam.

Desde joven encontró la enorme fascinación por capturar momentos a través de la lente, su pasión, su amor, su intensidad, su disciplina y terquedad lo ha llevado a incursionar en diversas actividades en la industria del cine y televisión en las empresas conocidas, como: TELEVISA, TV AZTECA, DISCOVERY, SONY, HISTORY, HBO, NETFLIX, AMAZON, PARAMOUNT, WARNER, entre otros.

Amante del estado de Oaxaca, quiere mostrar al mundo a través de la pantalla y en conjunto con la escritor Isabel los rinconcitos más escondidos que existen.

Redes sociales:

FB: Carlos Gajardo

IG: Carlos Gajardo

Email: carlosgajardo@yahoo.com

Made in the USA
Columbia, SC
11 November 2024